KB089955

안개 앉은 마을

안개 앉은 마을

초판 1쇄 인쇄일 2021년 11월 16일
초판 1쇄 발행일 2021년 11월 25일

지은이 신현철
펴낸이 양옥매
디자인 표지혜 송다희

펴낸곳 도서출판 책과나무
출판등록 제2012-000376
주소 서울특별시 마포구 방울내로 79 이노빌딩 302호
대표전화 02.372.1537 **팩스** 02.372.1538
이메일 booknamu2007@naver.com
홈페이지 www.booknamu.com
ISBN 979-11-6752-071-5 (03800)

안개 앉은 마을

글 · 신현철

■ 머리말

　어떤 이가 당신은 돈도 되지 않는 시를 쓰냐고 할 때, 배를 한 방 맞은 것처럼 둔한 충격이 머리를 흔들었다. 쓰리게 위로 치미는 질문이 연이었다.

　　시는 무엇인가? 시를 왜 쓰려고 하는가?

　요즘에는 시인이 참 많다. 누구나 시인이고 아무 때나, 어디서나 시가, 자기만의 명시가 얼마든지 나온다고 하니. 술 몇 잔 마시고 취해 내뱉는 말도 명시라고 하는 사람도 있다.
　또 스피드 시대에 맞춰 단지 몇 줄로 짧게 쓰는 것이 시대에 맞는 시라고 한다. 현재는 순간의 변화를 중시하고 빠른 속도를 사람들에게 강요하고 사람들은 당연하다고 인정하지만, 현대의 속도에 맞추려 달려가다가 한 번 발걸음을 놓치면 그때부터는 일어서지도 못하고 질질 끌려

가는 비극이 일어나게 된다고 생각한다.

　지금의 시점에서 많은 시들은 오히려 정신적 갈증을 해소시켜주기에 뭔가 꽉 찬다고 느껴지지 않는다. 그래서 나는 입을 다물려고 했다.

　　누구나 시인이란다

　　이놈 저놈 다 시인이라니

　　뭐 어쩌겠소

　　차라리 내가 입 다물어야지

　그러나 점점 쌓여가는 마음, 산과 강에 묻어있는 정, 들과 마을에 어린 슬픔, 하늘에 얇게 흐르는 사랑은 묵어서 굳어지는 것이 아니라 입을 열라고 아우성이니.

　시는 찰나의 감정을 담은 것이 아니라 몇 년 또는 삶의 모든 과정을 통하여 묵혀온 감정을 잔잔히 발효시킨, 마치 대를 이어온 씨간장의 맛일 것이다.

　씨간장의 맛은 따라가지 못하겠지만 가슴에 몇 년 묵힌 응어리를 다듬어 내놓는다.

2021년 11월 25일

신현철 無知也

차례

1
안개 앉은 마을

2
가을하기 좋은 나이

3
꿈길의 춤

4

불면의 밤

비가 올 거라면

너에게 스며들게 내려라

대나무밭은 그리움으로 자욱하다

.

1

안개 앉은 마을

록평리의 노을(노을 5曲)

물억새에 아롱한 노을이 내려앉았다
모시처럼 반투명한 록평리*의 하늘
물기 없는 가을의 노래가 울리면
무한천* 잔물결에 무지개빛 별이 서럽다

해가 지고 있어서 내가 지고 있다

아무런 욕망도 지니지 않은 하늘에
속도를 잃은 시간 속 바람이 미는 대로
가을에는 누구나 외로울 수 있지만
가을이 올 때 당신은 냉랭한 노을이 되어
저녁이 올 때 그리움은 설운 노을이 된다
그래서 가을에는 누구나 외로울 수 있다

해가 지고 있어 내가 지고 있다

2019. 3. 11.

록평리(녹평리錄坪里) : 청양군 비봉면에 있는 리里이다. 서쪽에는 강촌천이 흐르고 동쪽에는 법산이 있다. 자연마을로는 녹평(가남들), 점촌, 청양뜸(중록, 중강리) 등이 있다. 녹평리(록평리)는 가남들에 생긴 마을이므로 '가라미' 또는 '녹평'이라 하였다.

무한천 : 충남 청양군 화성면 산정리 백월산 북쪽에서 발원하여 비봉면을 지나 예산군을 북류하여 아산만에 흘러드는 강.

달밤 포란사* 풍경

고샅길에 내려앉은 달빛에
낡은 길은 은비늘 덮이고
안개 닮은 그리움이 가슴에 젖으면
달빛 곱게 내리는 포란사 앞길로 간다

달 뜨면 포란사 앞길에서
만나야 할 사람이 있는데
달빛 쏟아지던 곳,
임을 업고 춤추던 달빛터

포란사 앞 소슬길에 달이 뜨면
마음속에 숨겨 둔 풍경 하나 자라고
임의 얼굴 아련히 피는 듯싶어
달 뜨면 바람결로 오라시더니
바람에 몸을 실어 오라시더니

애련愛戀 가득 찬 달이 뜨면

달빛 물든 나뭇가지 휘청하겠다

2019. 3. 18.

————

포란사 : 청양군 비봉면 사점리 비봉산 자락에 있는 작은 사찰.
200여 년 전에 세워졌으나 2번의 화재로 소실되어 작게 다시
세웠다. 포란사가 원래 천태산에 있는 약수암이라는 절이었는
데, 광산이 생기면서 절을 옮기는 과정에서 비봉면장이 이곳으
로 절을 유치하면서 비봉면 면민들의 부역으로 길과 도량을 지
었다.

봄이 올 때

발길 없는 모시고개[*] 에 낯선 바람이 무겁고
느랭이밭[*] 갈색 흙에 튕겨 나온 노란 꽃 하나

봄은 저절로 되는 것이 아니라
억세게 아픔을 겪고 되는 것이다

겨우내 얼었던 뿌리가 아파서
속으로 흘리는 눈물이 스미어 날 때
가지 사이 햇살에 하얗게 시야가 닫히고
슬근거리는 햇빛에 모든 것이 어수선하고
박배미 논[*] 이 통째로 흔들렸다

익숙한 듯 또는 낯선 듯 가늘게 오르는 숨
하늘과 땅이 수다스러워지면 봄이 온 거다

서툰 봄맞이에 아린 냄새가 공간에 배고
화려한 산통에 아픔이 가려진다

2019. 4. 1.

모시고개 : 청양군 비봉면 사점리 저티교(다리) 건너 쭉 들어가면 낮은 산 밑에 마을이 있고, 마을 뒤(사점리 450-1번지 일원)에서 산 넘어가는 고개를 모시고개라 한다. 산을 넘으면 느랭이못이 곧바로 나온다. 모시장사가 고개를 넘다가 호랑이에게 물려 죽어서 모시고개로 불리었다는 전설이 있다. 전국의 모시와 고개가 연결된 지명은 약 3곳이 있는데 전남 고흥군 대서면 송림리의 큰모시개재(고개), 전남 해남군 삼산면 원진리의 모시미재(고개) 그리고 이곳 정도이다.

느랭이밭 : 느랭이못 옆에 길게 늘어진 밭. '느랭이'는 느슨하고 완만한 형태를 나타내는 말로 전국적으로 여러 곳에서 느랭이란 말이 지명으로 쓰인다.

박배미 논 : 느랭이못 아래쪽, 느랭이밭 건너편쯤 논. 대대로 박씨 성의 농민이 지어 먹었다고 박배미 논이라 불리었다. 위치는 비봉면 양사리 1009-6번지 정도이다.

말뫼마을 개복숭아

비봉면 양사2리 말뫼마을
무한천 옆 개복숭아 줄 잇고
가지가지 망울이 다 터졌다
햇살이 멋대로 마음을 건드리니
온 나무가 붉게 타오르고
온 마을에 붉은 꽃불 번졌다
꽃이 지천 새악시 볼처럼 발그레
멀리서 보아 불무리 꽃

허물어 가는 빈집 마당에도 개복숭아
할매 대신 헐려 가는 집을 지키고
늙은 개복숭아 나무에도 꽃이 터졌다
할매 눈 감았을 때 저 가지에 조등(弔燈) 걸렸지
그래도 혼자 해마다 꽃 피우고
속은 썩어 비워져도 새악시처럼 발그레
개복숭아 꽃에는 할매가 있다

2019. 4. 8.

말뫼마을 : 비봉면 양사2리 마을. 말의 무덤이 있거나 말 모양
과 닮은 곳의 지명으로, 전국 여러 곳에 같은 지명이 있다. '말
미' 또는 '멀뫼' 등으로 불리기도 한다.

말뫼마을 개복숭아 : 비봉면 양사2리에서는 봄마다 마을 진입
로와 하천변 양쪽에 꽃망울을 터뜨려 복사꽃이 만개하여 온 마
을을 진분홍빛으로 물들인다. 청양군이 지난 2013년 신원2리-
양사2리 5㎞ 구간 하천변에 개복숭아를 많이 심어 조성한 '복사
꽃길'이다.

은골[*]의 5월

반짝이는 5월의 둘째 토요일 은골

기다림에 지친 진노랑 꽃잎이 이울다

멀겋게 짓물러 떨어질 때쯤

두꺼워지는 늦봄에 늘어지는 햇덧

낮은 은골계곡 지른 나무다리에 햇볕 기울고

축축하게 젖은 심정을 툭툭 두드리는

내림길의 골물과 만나다

봄은 익어 물러지는 것이 아니라

햇볕에 고아 진해지는 것

그러나 달라붙은 흔적은 남으니

진해지는 얼룩 하나 주머니 속에 넣고

은골길에서 벗어나다

2019. 4. 15.

은골 : 청양군 비봉면 소재지에서 비봉파출소 옆 관산천을 따라 1㎞ 올라가면 두 골짜기가 합쳐진 은골이 나온다. 마을도 소담스럽고 풍경이 부드러운 마을이다. 산 중턱에 산신당이 은둔하듯 있는데 정갈하다. 장수와 물텀벙 등 전설이 전해 오며, 구기자를 가공하여 판매하는데 명성이 높다. '은골'이란 지명은 주로 숨어 있듯 잘 드러나지 않는 작고 깊은 골짜기를 지칭한다. 전국적으로 아홉 군데에 '은골'이 있는데, 특이하게 청양군에 '은골' 지명이 5군데가 있다. 비봉면 관산리, 장평면 은곡리, 화성면 농암리, 청남면 상장리, 대치면 이화리이며 청양 외에 공주시 신풍면 청흥리, 부여군 규암면 신성리, 공주시 유구읍 녹천리, 공주시 신풍면 영정리에 은골이 있다.

갈망골 노을 녘(가슴 아림 2)

발자국 들으려

꽃잎을 애써 펼친 능소화처럼

어둠을 지나는 귀뚜리 소리에

행여나 하다가

갈망골* 깊은 구석에

이름 없는 꽃이 되어

원망을 서럽게 피우는

노래 부르는 노을 녘

2019. 5. 20.

갈망골 : 청양군 비봉면 강정리에 있는 골짜기. '갈망'은 '간절하고 애타게 바람'의 뜻이 주로 쓰이지만 '어떤 일을 감당하여 수습하고 처리함'의 뜻도 있고 '물건 따위를 가지런히 정리하거나 모아서 보관함', '갈고랑이의 방언'의 뜻도 있다. 이곳은 가지런히 정리한 듯한 모습에 갈망골이란 이름이 붙은 것으로 추측한다. '갈망골'이란 지명은 우리나라에 4곳 정도 있는데, 청양군 비봉면 강정리에 있는 갈망골, 부여군 충화면 지석리에 갈망골, 전남 순천시 월등면 농선리에 안갈망골, 밖갈망골이 있다.

시월 구적골

가을에 물들어 가는 시월의 어느 날
바람이 머물다 가는 구적골 언저리는 가을이 짙고
버려진 것처럼 소리 없는 빈 오솔길이 좋다

아무도 찾지 않는 감나무는 혼자 충실하여
햇빛에 더 빨간 홍시가 푸른 하늘에 점 박혔다
빨간 점은 그리움으로 또렷해지며 다가서고
흐르는 낙엽은 구겨진 시간을 펴고 있다

특별한 기억은 볕에 마르다가 바람에 실려
이끌리듯 숲에 들러 잠시 그 안에 머문다
어느새 서쪽 사점리* 하늘엔 바랜 추억이 자리 잡고
노을빛 곱게 스미는 나뭇가지 사이가 한가하다

그래, 재촉하는 세월만 저 혼자 바쁜 것이니
그래, 급할 것 없으니 바람 따라 쉬엄쉬엄 가자
가을은 비어 가는 가지에 잠시 머물다 가는 것

그래, 나도 그렇게 머물다 쉬엄쉬엄 가야지

2019. 10. 7.

사점리 : 청양군 비봉면 비봉산(351m) 자락에 가남초에서 동남방 얕은 산 옆 마을. 옛날에 사기그릇을 유통하는 지역이었다. 사점리는 원사점, 뜸티, 가동밭(개똥밭), 모시고개 등 4개의 자연마을로 이루어져 있다. 50여 년 전만 해도 주막이 있었다고 한다. 비봉주유소 동쪽 마을을 뜸티, 비봉주유소 동쪽 비탈지대를 개똥밭이라 한다. 모시고개는 저티다리를 지나면 나오는 동네인데, 모시고개 앞쪽 들에 용이 올라갔다는 용의보가 있었다고 한다.

새재 산책

재넘이는 머리카락을 가끔 희롱하고
이따금 귀에 나부끼는 나뭇가지 소리
바람줄 사이로 스며 있는 산 내음
헤아리기에도 무성한 나무들의 묵은 향기
새재 길 굽은 곳마다 다른 풍경이 앉아 있다

물길을 묶어 놓은 저수지에 담은 산
바다였을 갯들*을 내려 보는 언덕
가남평야*에 덩그러니 떠 있는 까치알미*
둘레를 따라 휘감은 무한천 줄기 뒤
멀리 천태산*의 능선이 병풍처럼 있다
마음은 오래 묵은 풍경 안에서 머문다

해 질 무렵 노을이 대지에 찾아들면
너른 하늘을 채우는 일몰의 색깔까지
함께 노을을 맞이하는 사랑의 풍경
동화 속으로 들어가는 길이라는

매화 곁 휘파람새의 이야기

2019. 10. 14.

―――――――

갯들 : 새재 북쪽 가남들의 무한천을 접하는 영역. 옛날에는 배가 드나들어 바다까지 연결되었던 곳.

가남평야 : 비봉면 사점리, 록평리, 관산리, 강정리에 이르는 넓은 논 위주의 농경지. 강촌천과 무한천으로 형성된 범람원으로 이루어진 충적평야이다.

까치알미 : 새재 북쪽, 갯들 동쪽의 가남평야 서단의 중앙에 조그맣게 알이 반 정도 묻힌 것 같은 예쁜 모양의 동산. '가칠미', '가찰미', '가동' 등으로 불리기도 한다. 비봉면 강정리 365번지 일원의 동산.

천태산 : 비봉면과 무한천으로 경계를 이루는 예산군 장곡면에 있는 산.

약다린골˚ 전설˚

장승이 몰려든 마당 건너 아흔리골
새끼골, 약다린골 침울하게 숨고, 숨고
냉랭한 바람도 눈물 삼킨 노래 부른다
용천뱅이의 업을 그냥 받았어야 했는데
애꿎은 처녀의 한을 덧씌워 버린 게지
벼락바위 핏자국은 하늘의 절규이더라

약다린골에 돌던 아이의 비명이 더해져
장곡사에 울음으로 내리는 빨간 단풍
단풍의 핏물은 아이 것인지, 처녀 것인지
중생을 고쳐 주는 기도 도량이라 했는데
울음이 아파 약사여래의 미소도 사라졌다

붉은 단풍이 회색 기와 덮어 통곡하고
가파른 비탈을 붙들고 천년을 버틴
상대웅전 앞 세 아름 느티나무가
천년 가지를 떨며 진저리를 치니

바람을 재우고자 목탁은 오백 년 울어

겨우 앙상한 나뭇가지에 돋는 실루엣

위로하는 새소리는 빛으로 살아나고

가물가물 숨 쉬는 빛의 고요 내려앉다

2019. 11. 18.

———————

약다린골 : 장곡사 장승공원 건너 아흔리골(99골) 중 큰골의 새끼골.

약다린골 전설 : 옛날 정산현의 고을 원님이 지금의 나병인 용천을 앓았는데, 처녀를 가마솥에 고아서 약을 달여 먹으면 용천이 낫는다는 말을 들었다. 동네에서 고아 먹을 수 없어서 처녀를 유인한 후 약다린골로 데려가서 삶았다. 그런데 원님이 달인 물을 먹고 내려오다가 큰골에 있는 널따란 바위를 지나는 순간, 마른하늘에 날벼락을 맞았다. 한동안 핏자국이 남아 있었고, 이후 그 바위는 벼락바위라고 부르게 되었다.

은골 아침의 축복

아침 일찍 혼자 은골숲에 오면,
밝은 아침에 숲 풍경을 보면
모든 것이 일제히 숨을 내쉬는 순간
가을비와 취록의 은골이 내는 가슴 소리
살아 있는 모든 것이 푸른 숨을 내쉬는 계절

걸음 길에 본 앉은뱅이 꽃
노란 꽃은 시간을 안타까워하지 않고
옛길에 또렷이 더해지며 익어 가고 있고
그 모습 사이로 하루가 스치고 있다

망보기도 하고, 엿보기도 하고
그 사이 얼핏 스치는 그의 모습
얼른 잡아 솟구쳐 하늘 공간 문을 열었다

바라보기와 사랑하기는 같은 의미
사랑하는 이를 보는 축복이 있어

나이가 들어 설레는 이유이다

2019. 12. 2.

도림로* 벗꽃

하얗고 얇은 벗꽃 잎이 비처럼 내리면
바람이 불어 벗꽃 잎이 쏟아져 내리면
꽃잎의 가벼움이 바람 따라 덧흐르면
벗꽃 나비 하얀 날갯짓으로 피어나고
꽃은 핀 듯 지고 곧 꽃잎이 떨어지어
눈 내리듯 도림로 내내 가득 흐릅니다

먹먹한 가슴에 위로하듯 꽃잎 내려와
보고 싶었다 가슴을 살짝 두드리는데
장곡사 가는 길 깔린 꽃잎 안타깝다고
멍하니 있던 침묵에 꽃잎 울음 터지고
놀라서 꿈이 덜 깬 눈길을 얼른 열면
순간 흰 벗꽃 잎이 화르륵 흩날립니다

빈자리 사이를 메우는 바람의 희롱에
비록 며칠이면 시들어 떨어지겠지만
봄날의 기억이 내년에 꽃잎이 된다고

내년에 볼 그날을 기다리기로 합니다
유난히 벚꽃 잎이 휘날리는 날입니다

2020. 4. 27.

도림로 : 청양군 청남면 지곡리 642번지에서 장평면 지천리
100-5번지에 이르는 군도. 벚꽃이 끊어지지 않고 식재되어 있
어서 봄에는 벚꽃 풍경이 아주 뛰어나다. 광금리 까치내로가
한국의 아름다운 길로 지정되어 있지만 봄에 도림저수지를 끼
고 나란히 펼쳐지는 도림로의 벚꽃의 풍광은 오히려 더 뛰어나
다. 그 길에서는 차량들도 저절로 천천히 서행하면서 풍경에
젖어드는 모습이 이채롭다.

벚꽃 동화

칠갑산 기슭에 은은한 별무리 띠
꽃잎이 아련하게 하늘을 흐릅니다
꽃잎들은 바람에 끌려 흘러가고
한 점 한 점 눈꽃이 되어 흐릅니다
어깨 뒤에 털어 내지 못한 꽃잎 하나
무덤덤하게 스며 있는 따스함
당신입니다

꽃눈을 기다리는 밤
덜 찬 마음은 노을보다 별을 찾지요
찾았다 하다가 당신이 아닌 것 같아
눈길이 한곳에 머물지 못하고
밤새 별이 우는 소리에 귀 기울이며
당신을 잃다가 차츰 뜨거워집니다

떨어진 꽃잎 앞에 쪼그리고 앉아
잎새를 가만히 들여다보면

엄마의 따스하던 등이 보이더라고
언덕을 넘으며 엄마가 속삭인 이야기
엄마의 하얀 젖퉁이 살짝 흔들립니다

따스했던 것은 모두 그리움이 되어
흐드러진 벚꽃에 눈물이 어리다 보면
벌써 봄이 살그머니 가려 합니다
젠장, 그리워하는 사람이 생겨 버렸습니다

2020. 5. 11.

칼바위 숲에 비가 온다

그 숲에 가면 비가 내린다
우산* 칼바위* 옆 소나무 숲에 비가 오면
지나간 먼 때 바보의 추억이 비로 내린다고
아무 생각 없이 비에 끌리어 온 사람같이
못난 과거가 있는 사람은 비를 좋아한다고
그래서 칼바위 옆 숲을 혼자 찾아가는 이는
가슴에 자기만 읽는 시를 누군가에게 쓴다고

비가 오면 갈매색* 앤티크는 더 진해지고
숲의 풍경은 더 적막해지고 더 짙어지고
그러면 할 수 있는 것은 바라보는 것이나
비 오는 천년의 숲을 목적 없이 걷는 것

어젯밤 꿈에서 같이 걷더니 부르신 것일까
새벽 여명에 떠진 눈길에 얼핏 보이시더니
잠시 감은 눈 사이에 어디 가셨나 둘러보면
그제야 긴 여정을 떠나는 빗방울이 보인다

비 오니 갈맷빛이 우려지는 그 숲에 가면
오래 망각되었던 세월이 꿈틀대며 배어난다

2020. 6. 8.

―――――――

우산 : 청양읍 읍내리에 있는 청양군의 주산으로 237m 높이의
낮은 산이지만 우산성이 있고 마애삼존불이 있는 등 역사적으
로 정신적인 지주로 자리 잡은 산. 우산의 2개 봉의 산정과 산
곡의 자연지형에 따라 산성이 축성되어 있으며 충청남도 기념
물 제81호로 지정되어 있다. 우산은 소가 누워 있는 형태라며
소우(牛)자를 쓰는데 규모가 작은 산으로 소의 형태보다는 일
을 해야 하는 소가 편히 쉬는 안식처라는 의미가 있다.

칼바위 : 청양읍 우산 정상에 있는 청룡정 인근의 산줄기를 따
라 서 있는 날카로운 모양의 바위. 칼바위는 산줄기 정상의 산
줄기가 바위로 이루어져 날카로운 모습이 그대로 돌출된 모습
이다. 청양을 지키는 수호신이라는 전언이나 처녀가 떨어져 죽
었다는 전언이 있다.

갈매색 : 짙은 초록색을 뜻하는 우리말.

칼바위 숲의 묵상

비에 숲이 젖어 풀냄새가 더 진해지면
아무 생각 없이 숲으로 이끌린 탓에
묵은 장승처럼 아무것도 하지 않는데
비만큼 진해지는 비릿한 탄생의 냄새
아니면 숲에 들어 얻는 은밀한 은둔
무심한 시선에 숲의 바람은 성나 있다

더 따스한 겨울 햇볕이 칼바위를 쬐면
거짓말처럼 멀리서 닭 울음소리 들리고
먼 역사가 부서져 떨어진 바위 조각들이
비에 젖으며 천년의 한이 다시 우러나
바람에, 새소리에, 물소리에 스미어
비 오는 숲에는 살아난 임의 소리가 찬다

담을 넘는 밤손님처럼 다가온 숲 냄새
걸으며 숨 쉬는 것만으로도 꽉 채워진다
과거 존재의 의미를 추도하는 것이니

한 개의 빛줄에서 수없이 쪼갠 관념들

한 움 여광이 번지는 새벽 숲의 설법은

과거는 나로 인함인가 남의 것인가

2020. 6. 15.

우산의 하늘

우산 하늘이 여태껏 힘들었다 울먹이니
혼자 있던 에움길 잘 견뎠다 같이 울고
바람의 발끝으로 서 있는 가늘어진 저녁
소망한 것은 그리움이 아니고 만남이니

그리움도 시간 지나 적당히 우려내었고
참고 견딘 아픔은 폭폭하도록 익었구려
글자 안에 굴곡진 삶의 색이 닮아졌으니
빈 공간에 비우고 덧칠하고 선을 그린다

태양이 오시는 것은 엄마를 잃었기 때문
하늘의 삶을 미련 없이 떠나 내려오신 것
길 위에 그대는 혼자가 아니다 다독이려
떠나는 길에 우산 하늘의 햇빛이 내린다

감미로움의 중독을 경계해야 하는 것임을
황혼의 그림자가 길어질 때 깨닫겠지만

상처가 깊어지는 것은 안타까운 일이니
아들아, 여인과의 사랑을 두려워하라

나무는 씨 내린 그 자리에서 다시 싹트고
그와 같이 있었음과 있음의 충만감이고
떠나면 그 삶이 추억으로 거기 남는 것
우산에서 과거와 현재가 입맞춤을 하다

2020. 6. 22.

안개 앉은 빙현마을*

안개 앉은 빙현마을의 은둔지에 숨어
상상의 그녀를 감싸 안아 하나가 되어
달콤한 눈맛과 뜨거운 미각의 무절제
강렬한 색감, 거친 붓질이 점점 파고들고
클리셰의 드라마를 우려내는 늦봄이었다

그러다 툭 치는 빗물에 손끝이 예민해지고
완벽하다고 할 순 없는 그 봄을 비판하면
초여름 비는 코로나가 번외라고 구형하고
의미 없는 시절은 없다는 항거에 어지럽다
예상했던 분란에 시치미 떼고 중재한다

초여름 비 뒤의 공간에 대나무밭 냄새
가슴이 임의 살에 닿은 듯 전율의 감각
그러니 몰래 하는 연애는 더 단 것이다
비가 올 거라면 너에게 스며들게 내려라
대나무밭은 그리움으로 자욱하다

2020. 6. 29.

빙현마을 : 청양읍 읍내리2구 청양성당 아래쪽 마을. '빙현氷峴'
은 우리말로 '얼음재'라고 하는데 주로 해가 덜 들어 추위가 오
래 유지되는 구릉이 있는 지역이거나 석빙고, 목빙고 등 얼음저
장고가 위치한 산골을 지칭하기도 한다. 청양 지역에는 목빙고
가 있었던 것으로 추정되며, 그 목빙고의 위치가 빙현마을 일원
에 있었을 것으로 추정할 수 있다.

윤사월의 밤

까치내* 벚꽃비가 흩날리던 날이 엊그젠데
오늘 밤 봄꽃들이 소스라칠 뇌우가 오려나
뭔가 극복해야 한다고 요구받는 밤

꽃이 빗물에 씻겨 향기는 땅으로 흐르고
녹아든 벌의 날갯짓에 서늘한 바람 한 줄

6월 1일, 윤사월 열흘날
공룡이 산다는 맨삽지* 바다로 가려면
상처받은 꽃잎을 강물에 띄워야 한다

꽃잎은 바다로 와서 차마 잠들지 못하고
빛나는 별을 찾아 하늘을 훑지만

별을 빛나게 하는 건 죽어 가는 별이었다
별은 죽어 갈 때 가장 아름답게 빛난다

윤사월의 밤, 스러지는 꽃잎이 허공에 흐른다

2020. 7. 6.

까치내 : 까치내는 작천鵲川(까치작, 내천)으로 칠갑산에서 발원하여 흘러내린 지천의 한 줄기이다. 칠갑산에서 물은 어을하천, 작천, 지천, 금강천으로 흐르는데 작천, 지천이 온직리, 구치리, 개곡리, 장곡리, 작천리, 지천리 등 물굽이가 기묘하고 기암괴석이 아름다워 지천구곡이라 한다. 특히 이 중 작천계곡이라고 불리는 까치내는 물 흐름이 완만하고 깊지 않아 여름철 물놀이 장소로 여름에 많은 인파가 모여든다.

맨삽지 : 보령시 천북면 학성리 산45번지 면적 5,950㎡로 간조시 갯벌로 육지와 연결되는 섬. 주변에서 공룡 발자국 화석이 다량 발견되었다. 중생대 백악기의 지층인 천수만층의 퇴적층에 조각류 공룡(루양고사우루스, 프로박트로사우루스 등)들로 추정되며 당시 바닷가가 아니고 호숫가였던 그곳에 공룡들이 물을 마시러 오가면서 발자국을 남겨 놓은 것으로 보인다.

아리고개 임바위*

이미 아리고개를 지나간 바람은
다시 돌아올 수 없음을 안다

그러나 길에는 혼자 있기 싫다고
올 거라고, 돌아올 거라고 비워 둔 길

학당리* 느릅 한 그루 먼 산 보니
길에서 덩그러니 홀로 있기 싫다고

저녁부터 비가 내리겠습니다
늦은 귀가엔 우산이 필요하겠습니다
비에 젖은 꽃잎은 잘 안 떨어집니다

그대 떠난 뒤 남은 아린 조각들
눈물만 한 약도 없다고 위로하더니
할 말은 그뿐이라고 진종일 서서 운다

아리고개* 터덜터덜 비가 온다
그래서 꽃잎은 다시 필 수 없음을 안다

2020. 8. 3.

임바위 : 학당리 아리고갯길 동쪽 가에 북쪽을 향하여 서 있던 마애불. 정면이 향한 북쪽에는 임존성이 정확히 닿았으며 백제 멸망 시 일어났던 부흥운동에 참여한 의병들이 넘어간 고갯길에 세운 마애불로 추정된다. 3차례 옮겨져서 지금은 교육지원청 건너편에 있다.

학당리 : 청양교육지원청 서쪽 건너에 있는 마을.

아리고개 : 청양교육지원청에서 청양경찰서 앞을 지나 청양농협장례식장 앞을 지나 신원리로 내려가는 얕은 고개. 예부터 예산, 홍성으로 교통하는 통로로 쓰였다.

빙현골* 엘레지

어쩌면 사라지지 않는 환상동화일지도 모른다
막을 내려도 속은 앓지 않기를 기도하는 눈길
그런 마음에 미련 없이 어려운 질문을 닫는다

칠 벗겨진 신화의 마을 벽화가 처량히 서 있고
빙현골은 물에 잠겨 가는 섬이 아니라고 되뇐다
그래서 안개가 잠긴 은밀한 성이 되어 간다

늦은 저녁 가슴속에 안개가 머물면 참 좋겠다

영정을 지켜 온 국화마저 시드는 시간이 흐르고
버려진 아이의 기억을 안아 주는 빙현골의 안개
미로 여행이 영원히 끝나지 않도록 눈을 감다

텅 빈 심장을 헨젤의 빵조각*으로 채워 가리니
그를 마주하는 환상이 꿈속에서 살아나기를
이제 잡은 손을 놓지 않을 거라고 주문을 걸다

차라리 가슴속에 소낙비 쏟아지면 참 좋겠다

2020. 9. 7.

———————

빙현골 : 지금의 청양성당 아랫쪽 수십 가구가 자리잡은 골로
조선시대 목빙고가 있었기 때문에 빙고가 있는 재라는 빙곳재
로 불렀다. 후에 빙현골로 부르기도 하였다.

헨젤의 빵조각 : 동화『헨젤과 그레텔』에서 집으로 돌아가는 길
을 잊지 않기 위해 길에 조금씩 떨궈 놓은 빵조각. 원초의 삶 또
는 곳으로 돌아가려는 욕구의 상징적 표현으로 썼다.

은골의 비

은골 가는 길, 비가 시작된다
비 오는 날의 여행은 유혹이어서
망초꽃이 둘러 깔린 육묘장을 지나
빗속으로 든다

오랜만에 물소리 흐르는 골물
서걱서걱 소나무 숲속을 지나
산신당을 스치는 바람 소리 따라
골 안 은밀히 숨은 마을을 찾는다

가슴을 갈아 넣은 마녀의 스프는
이미 불 위에 올려져 있고
부치지 못한 삶에 대한 전상서
임의 영혼을 위하여 기도한다

비는 눈물을 닦아 주지 않고
비는 같이 울어 주는 것이다

비는 슬퍼하지 않은 받아들임이고

비는 삶을 승화하는 기도이다

은골 가는 길, 비가 내린다

2020. 9. 14.

노적바위 안개 아침

그림자 비치지 않고, 알몸을 드러내
시간의 껍질을 벗긴다
가까이 있는 것조차 희미해지는 날
새벽이 다 마르지 않은 머리카락 냄새가 나고,
낙엽은 비 되고 숨이 촉촉이 젖고,
산골 사이 스민 안개가 깊은 곳을 가린다

노적바위 지천* 건너 자갈밭에
삶을 싼 봇짐 짊어진 순례자 서너덧
서성이는 이들이 이별하기 위해
다른 이와 같이 떠날 거라고 했다

빗소리에 스며드는 매화의 시간처럼
햇살 들자 이별의 여정이 열리니
안개는 순간 흔적 없이 사라졌다
안개와 함께 그리 헤어진 것이고
순례자의 비밀도 감추어 사라졌다

안개에 숨은 불확실성을 이용한 것이다

떠난 빈자리가 허전하더니
잠이 덜 깬 농부의 느린 걸음이 채운다
빈 땅을 다독이는 농부의 때 묻은 몸짓이
아침을 다시 건져 낸다
비릿한 숲 냄새가 햇살이 닿자 피어올랐다
짝바위* 숲길에선 낙엽이 비가 되고
비가 오면 이별이 더 빨라진다

2020. 12. 14.

―――――

지천: 지천은 칠갑산에서 발원한 계곡의 한 줄기로 어을하천과
작천을 지나 지천을 이룬 후 금강으로 흘러든다. 특히 지천이
지나는 협곡은 풍경이 빼어나기로 소문났다. 굽이굽이 흐르는
물길을 따라 기암괴석이 호위하듯 조화롭다.

짝바위: 수석리 노적바위 우측 100여m 지점, 지천 가에 짝을
이뤄 있던 바위. 지금은 1개만 남았다.

이월의 록평리

늦겨울 이월은 소심해지는 시절
비 묻어 온 바람에 골짜기가 움츠리고
예부터 숨어 있던 이야기가 드러난다
바람 부는 날 갈망골로 갔던 아이는
말로는 힘든 신비에 입을 다물었다

마치 아무 시작도 없을 듯 침묵하지만
늦겨울은 종일 비에 삭아 내리고
바람이 그렇게 부니 혼돈은 시작되어
잃어버린 신비를 찾아 몽우리진다
결론은 낯선 시간이 필요하다는 것

겨울 숨 오르는 무논 뒤 가라앉은 산
산은 바람에 덮였고 골짜기에 뭉친 연무
바람이 드세게 흐르는 이월의 록평리
겨울의 비와 바람은 매몰이 아니다
웅크리고 꽃몽아리 품은 것이다

2020. 1. 20.

흩어져 있던 기억이 붉게 피어나

그래서 가을이 되면

눈물이 난다

2

가을하기 좋은 나이

겨울 안개 1曲

담안뜸* 아홉 집이 몸을 감춘 새벽 즈음
창백했던 하늘도 보이지 않다
겨울 안개는 골짜기보다 깊어
애타 부르는 소리도 안개에 잦아들다

그리운 것은 유혹이 되어
숨겨 놓은 풍경을 찾아다니고자
안개를 가르며 그림 속으로 들어가다
짙은 안개에 잠긴 논둑길 너머
이끌림에 가 보지 않은 길로 들어서다

모호해지는 안개길 따라 몽상이 스며들어
박배미 가로질러 따라갈 길로 피어오르고
갈색의 밑그림에 안개는 꿈같이 내려앉다

익숙한 길이었는데, 낯선 길이 아니었는데
겨울 안개 속에서 길을 잃다

안개 장막 속에 생소한 환상이 흐르는 미지

거침없이 세상을 소멸시키다

거부할 수 없는 장악으로 다가서다

2019. 3. 25.

———————

담안뜸 : 청양군 비봉면 록평1리, 비봉장로교회 주변 몇 집 마을. 과거 담으로 둘려 있었기에 그리 불리었다. 록평리 일원에는 아직 돌담이 남아 있는 집이 몇 채 있다. 담은 순우리말이며, 한자로는 원垣·장墻·원장垣墻·장원墻垣·장옥墻屋, 우리말과 한자가 합쳐진 말로는 담장 등 여러 가지 명칭으로 불린다. 담은 안식처의 의미가 강한데 담 안에 있을 때 실존은 편안하고, 담 밖이나 성 밖에 있으면 글자 그대로 소외疎外된 실존existence이 된다. 담안 지명은 광주시, 안양시, 파주시, 화성시, 천안시, 논산시, 보령시, 예산군 등 몇 군데 남아 있지만 담안뜸은 우리나라에 한 곳뿐인 비봉면의 소중한 지명이다.

산벚꽃 환한 날

큰골* 다랭이논* 옆에 산벚꽃이 내리면
분주한 돌개바람 꽃비를 쏟아 낸다
작년 가을엔 살그머니 보냈는데
부푼 봄 하늘에 헛바람이 들었나

새순이야 또 돋겠지만 묵은 기억이 왜 돋을까
아이 열꽃이 사라질 때 나에게 옮겨 오는 몸살
눈물도 나지 않는 가슴앓이
봄앓이는 병이다

누가 나를 안아도 가슴은 안기지 못해
봄이면 혼자서 봄앓이를 한다
가슴속에는 많은 단어가 가득하지만
밖으로는 꺼내지 못하고

내내 가슴이 열릴까 초조하여
가슴속에 그냥 있어요, 그대

흐르는 꽃잎에 마음이 무너질까

그 속에 가만히 있어요, 그대

그래서 봄은 아프다

2019. 4. 22.

<hr />

큰골 : 청양군 비봉면 관산저수지 북쪽, 비봉면 관산리 58, 59
번지 일원 골짜기.

다랭이논 : 큰골을 따라 올라간 은골길 양쪽 산비탈에 길게 늘
어져 있는 논.

봄이 끝나 가슴이 빈다

봄날 아릿한 꽃향기에 취하니
내 키만큼만 세상을 겪으면 좋겠다
이젠 더 크지 않을 테니까

꽃이 진 뒤에 깨닫는
열병 같은 연애가 끝난 아쉬움은
내내 흐르던 계절에 젖고 스미더니
계절을 넘어설 즈음에 퇴색되어
이제 아프지 않은 회상으로 늙었다

꽃이 지더라도
다시 올 봄이 있어 아프지 않으니
파스텔 색조 연한 계절의 조각으로
느랭이길*에 번진 수채화 풍경
그 옆에 아쉬움을 포옥 감싸고
땅거미처럼 웅크렸다

2019. 4. 29.

느랭이길 : 청양군 비봉면 양사리 골짜기 사이의 좁은 논이 길게 늘어 있는 곳. '느랭이'란 말은 산의 모양이 늘어진 듯한 지형을 지칭하는 말이다. '느랭이'란 지명은 전국에 서너 곳이 있는데, 아산시 도고면 도산1리 느랭이마을이 있고, 진천군 문백면 옥성리 느랭이마을, 그리고 청양군 비봉면 양사리에 느랭이가 있다. 그런데 '느랭이길'은 전국에서 청양군 비봉면 양사리에 유일하게 있다.

8월 소나기

갯들길* 입구에 우두커니
콧등에 툭 따뜻한 빗방울
갯들길 갈라진 새재* 자락 하늘은 침침하고
속에서 잘 눌러 살던 몇 모습이
젖고픈 아기처럼 울음 터뜨린다
하늘에 가득한 뜨거운 울음

자기는 그저 스치는 소나기라고 그랬지만
당신에게로 그리움이 갑자기 쏟아질 때
내 속은 소나기 속으로 들어가라고 했지
떠가는 비구름을 따라 쫓아 젖었다
어깨에 닿는 빗방울의 감촉을 하나씩 기억하며

이젠 여름이 좋은지 아무도 묻지 않는다
궁금할 이유도 없지만
누군가 내게 물었으면 좋겠다
소나기 맞으니 아프냐고

2019. 8. 26.

갯들길 : 충남 청양군 비봉면 강정리 730번지에서 강정리 731 번지에 이르는 길. 가철미의 주변 들은 과거에 상습적으로 무한천이 범람하여 갯벌로 바뀌는 지역이어서 갯들로 불렸다. 지대가 상대적으로 낮고 갯들 양쪽으로 무한천과 강촌천이 흐르고 있어 옛날에는 홍수가 일어나면 범람하는 지역이었다.

새재 : 비봉면 록평리에서 녹강교 너머 강정리를 지나 양사리로 넘어가는 낮은 고개. 왼쪽 산들이 새 모양을 닮았다고 해서 붙은 이름이다. 새재는 대표적인 고개가 문경새재인데 대체로 험한 지형이 많다. 새 같은 모양이라고 '새재' 또는 '조령鳥嶺'이라 부르지만 강정리의 새재는 고개로 부르기가 어색할 정도로 경사가 낮다.

가을 서정

노을빛이 숲을 안아 붉은빛 침전하니
은골에 내려앉은 속삭임이 진해지고
묻었던 짧은 추억이 슬그머니 떠오른다

바람결 낙엽비 흘러드는 관산지*
잔물결 이랑마다 황혼빛 젖어드니
느려진 걸음마다 옛이야기 풀썩이고
낙엽을 밟는 소리에 꿈길로 스며든다

해마다 살아나는 낙엽의 눈물 자국
가지에 내려앉은 시린 마음 달래 주고
날리는 머리카락에 가을이 스쳐 간다

2019. 9. 2.

관산지: 관산저수지로 1997년 관산리, 녹평리, 강정리, 장재리 등 4개 마을 156ha 면적에 용수를 공급하기 위해 조성됐다. 또 양수저류사업을 2016년 12월에 착공, 2017년 4월 준공하여 통수식을 함으로 지금의 규모를 가지게 되었다.

첫눈 은골에는

새벽의 얕은 눈이 그친 아침에
신비하고 맑은 은골에 오면
어정쩡 법산 봉우리 흰 운무가
희미하게 보여 살짝 아름답다

은골에 오면 눈꽃 나무 하얗고,
골 안에 정결의 신비로 가득하고
세상은 가을 색으로 치장하였지만,
늦가을 맑은 아침 햇살에 빛난다

어디선가 들려오는 사랑의 노래
새 울면 애틋한 향기 숲에 차고
아픔으로 피어도 단풍잎 끝 맑은 눈빛
가지 끝 눈 녹은 방울이 맺혀 반짝이고
흔들리는 물방울에 담긴 작은 풍경
내 속으로 안겨 와 스며들어 흐른다

속 길은 바람처럼 늘 흐른다

내일도 오늘같이 너를 부를 것이다

2019. 11. 11.

겨울 큰골* 숲(겨울 숲 1曲)

겨울 큰골 숲에 유혹되어 따라가면
활엽수 가지들만 성긴 숲은 비었다

마음속은 세상의 화두에 발을 딛고 있어
숲의 침묵이 두려워 들지 못하고 있는데
지금이 그때라고 속삭이는 유혹에 끌린다

겨울 큰골 숲에서 소곤대는 소리가 들리고
지난 삶이 벗은 모습으로 보인다
겨울 숲에서 흔들렸다

쌓인 눈 위로 빈칸 채우려 눈이 내리고
말없이 내려 두꺼워지면 침묵은 더 깊어지고
침묵이 깊어져 추위가 익으면 차라리 포근하다

지난 시절의 그리움을 섬세하게 눈이 덮고
찬바람이 지나가지만 숲은 소란스럽지 않다

더 이상 비울 것이 없어 흔들릴 것이 없기 때문이다

2019. 12. 9.

────────

큰골 : 청양군 비봉면 관산리 관산저수지 북동쪽 끝에 두어 집
있는 산골. 백월산 정상에서 서쪽으로 내려온 골짜기에 위치
한다.

늘댕이골* 벚꽃

봄비가 내리는 비요일의 도림로
가슴 꽃불을 끄려 비가 내린다
하루 종일 나분히 꽃비가 내린다

바람에 나붓대는 고운 살빛 여인들
물오른 알몸에 흰 속저고리 열었다
뽀얀 나신을 흘낏하지도 않는
무심한 임을 원망하며 떠나니
늘댕이골 꽃길을 툭툭 건들며 간다

그대를 밉다고 탓해도 되련만
여인의 연분홍 입술 닮은 벚꽃은
소복을 입어도 슬픔은 화려하다
나풀 딛는 춤사위가 길닦음* 닮았다

2020. 5. 18.

늘댕이골 : 청양군 장평면 적곡리 908 일원에서 북쪽으로 들어앉은 골짜기로 '큰늘댕이골'로 불린다. 다소 넓은 개활지가 좁아지며 골을 이루어 위쪽의 도림사지로 연결된다. 지형이 느랭이와 비슷하지만 짧고 넓은 개활지로 연결된, 길지 않은 지형 특징을 지니는 경우가 많다.

길닦음 : 전라도 씻김굿에서 길베를 양쪽에서 잡고 당골이 넋당석을 들고 망자의 저승길을 닦는 굿거리. 한의 공감화를 의미한다.

벚꽃 사랑

바람이 불면 벚꽃 잎이 화르륵 날리니
애양골에 빈 가지만 남을까 조바심 반
까치내길*에 꽃잎 무늬인 듯 탄성 반
옅어진 기억에 주인공으로 각색하고
있었던 듯 새로운 듯 다시 고침 한다

팝콘 터져 주변을 온통 덮은 벚꽃 잎
손잡기는 부끄러워 그저 같이 걷기
우리 함께 있는 것만으로 축복이니까
같이 걷기만 해도 행복한 것이어서
피곤한 비탈길도 달콤한 여정이런가
느닷없는 둘만의 긴 실종을 꿈꾼다
끝없는 순회를 하고 싶은 심사이니
어디서 길을 잃어야 좋은 실종일까

푸른 하늘 채운 연분홍 꽃잎의 유영
꽃잎이 메모리로 하늘에 콕 박히니

사랑은 여러 번 겪어도 아쉬운 것
올 사월 나만의 연분홍 봄이 온다

2020. 6. 1.

———————

까치내길 : 장평면 장평사거리부터 시작하여 낙지리의 작은국
수골 옆, 바람난골 옆, 지천사거리를 거쳐 작천계곡, 닭넘어골
옆, 왕지네골 옆을 지나 광금리, 주정삼거리까지 이어진 도로.
도로공사에서 선정한 '한국에서 아름다운 길'에 포함되어 있으
며 벚꽃이 아주 아름다운 길이다.

발버둥

잉화달천* 옆 벚나무 길엔
어쩌자고 늦은 비 다시 내려와
시선을 옮기지 못하고 시간은 흔들리고
나를 다시 휘감아 고여 있는 그대
아직 놓지 못한 말이 남아 있나 하니
그대의 빛깔로 물들고 싶단다

미당천* 옆 벚나무 길에
은밀한 계절이 지나갈 때마다
새벽빛처럼 아쉬운 시간이니
풀은 마르고 꽃은 시들었으니
창문이 두드리는 그대를 밀어낼까
그를 되살리는 노래를 부른다

앵화동천* 바위는 아직 꿈꾸는데
생에 잡혀 평행우주를 꿈꾸지 못하고
시간이 그대를 잊어버리라 할까

사랑마저 잠이 오고 말라 간다고
노래마저 잊힐까 두려움을 피하려
피고 또 피어서 지지 않으려 한다

2020. 8. 10.

———————

잉화달천 : 칠갑산 천장호에서 흘러 지곡리를 거쳐 금강으로 흐른다. 칠갑산에서는 동남쪽의 잉화달천仍火達川, 동북쪽의 잉화천仍火川, 서남쪽의 장곡천長谷川과 지천천之川川, 서북쪽의 대치천大峙川 등이 흐른다.

미당천 : 도림저수지에서 미당리, 지곡리를 거쳐 금강으로 유입되는 개천.

앵화동천 : 충청남도 청양군 장평면 화산리에 있다. 2018년 1월 12일 청양군의 향토유적 제19호로 지정되었다. 김장생 선생이 정산현감으로 재직 시 경치가 좋아 이곳을 자주 찾았고, 그 후 제자 우암 송시열 선생이 자필로 바위에 앵화동천鶯花洞天이라 새겼다고 전한다. 앵화동천은 '꾀꼬리가 울고 꽃이 만발한 신선이 사는 명산'이라는 뜻이다.

빙현골 장마 새벽

장마 새벽 물안개 빙현골을 덮어
어린왕자 보러 새벽길 나서서
울지 않는 성당의 종을 떠나
미로 같은 골목을 돌고 돌아서
배수장을 지나쳐 우산으로 들다

설렘을 만나려 아픈 다리를 끌었는데
시멘트 길은 이방인이라 외면하고
중얼거리던 주기도문은 떠내려갔다
삶의 무게에 달그락거리던 살림살이
토해 내는 빗물이 사정없이 휘몰아
몽땅 휩쓸어 가져갔으면 좋겠다
축대 밑 그깟 여남은 고춧대이든
밤마다 숨겼던 야비한 본성이든

소나기의 잔뼈가 골격 이루면
장대비에 퉁퉁 불은 기억을 움켜쥔 채

저 아래 등짝 한 입쯤 뜯긴 임바위
반쯤 헐린 쇠끼실[*]에 헛구역질 돋았다
장맛비 그 간헐적인 조문 중에
축제가 취소되었다는 소식을 듣다
우물쭈물하다 내 이럴 줄 알았지

빙현골에 남은 서툰 은둔지에서
쌓이는 소나기를 빼꼼히 바라본다

2020. 8. 24.

———————

쇠끼실 : 청양읍에는 농경사회를 대표하는 소 2마리가 고리섬
들을 바라보고 있는데, 큰 소는 우산이고, 작은 소는 송방리 쇠
끼실 뒷산이다. 쇠끼실은 누워 있는 소의 배 부분에 해당하는
위치에 있는 마을이다.

가을 햇살 맛

분명 가을 냄새였다
오늘 아침 불쑥 찾아온 가을
바삭한 냄새 끝맛은 싸르르하고
순간 생각 없이 머무르는 잠시
가라미*에 햇살집이 있다고 했다

하늘 예쁜 날 다가온 가을을 만지면
새재 넘어온 바람에 쌉싸름한 냄새
창문으로 훅 드는 바람에 묻은 가을
잠이 덜 깬 코를 채우는 건조함

길었던 장마에 내리는 햇살이 낯선데
하늘 어디를 지나면 햇살이 한 뼘 든다고
거실 깊이 들어온 햇살에 숨어 있는 가을
김밥 소풍가는 날처럼 햇살이 눈부시고
달콤한 키스처럼 스며드는 햇살에 숨은
가을 냄새나는 사람을 만날 때가 있다

눈부신 햇살을 바라보면 평안하다
손에 담긴 햇살을 살짝 눌러 보면
빛이 머문 순간의 흔적에 아득해진다
아득함은 그리움과 닿아 그를 본다
가을 이야기에는 아린 뒷맛이 있다

2020. 10. 26.

가라미 : 넓은 논밭 또는 논밭에 붙어 있는 마을을 뜻하는 충남,
특히 청양의 방언. 비봉면 사점리와 록평리에 걸친 넓은 논밭
을 열두 가라미라 하며 열두 마을이 있다.

가을 햇살에 젖다

가라미 풍경은 바짝 마른 흰 운동화 같아
습기 마른 바람은 귓불을 가볍게 희롱하고
햇볕에 잠긴 이불에서 나는 고소한 냄새
눈을 가늘게 뜨더라도 감을 수는 없는 순간

더 마르고 노란빛이 조금 더 많은 햇살
햇살이 아까워서 빨래를 널까
햇살이 아까워서 빨간 고추 말릴까

햇살마저도 나무 사이로 빠져나와
창호지에 밝은 햇살이 스미어 부풀고
바늘구멍으로 들어온 가을 햇살의 유혹

고른 숨결 찰랑이는 햇살을 바라보자
한 줌의 햇살이라도 주워 담아 보자
담지 않으면 안타까운 마음일 것 같아
머리 어지러워지도록 받아들이는 냄새

마른 가을에 잠기다

2020. 11. 9.

장곡사˚ 가을

바람 타고 쓸려 오듯 자장면의 고소한 냄새
장곡사 순해진 장승˚ 앞에서 발걸음을 멈추고
생각 없이 끝이 보이지 않는 미로를 흐르듯
장곡천˚ 가에 멈춰 소꿉장난 터 만드는 것은
농익지 않은 어린 사랑을 원하기 때문이다

누가 어린 신랑의 가을을 붉다고 하였을까
발그레 빰 각시 마음이 단풍이라 하였을까
영글지 못한 채 낙엽 지는 단풍이 아파서
그래도 앓는다는 것은 아직 살아 있음이고
그래도 여전히 사랑하고 있음의 반증이니
계속 앓고 싶어지게 되는 가을이라고 할까

약속도 없는 평범한 날에 가을과 밤을 닮아
이 시절 모든 것을 내려놓아도 되겠지요
여보, 단풍 붉게 익는 장곡사로 함께 가요

2020. 11. 23.

장곡사 : 청양군 대치면 장곡길 241에 있는 청양 최대의 사찰이다. 대한불교조계종 제6교구 본사인 마곡사의 말사로, 사지에 의하면 통일신라시대 850년(문성왕 12)에 보조선사가 창건한 후 여러 차례에 걸쳐 중수되었다. 이 절은 경사진 땅 위에 2개의 대웅전이 있는 특이한 가람배치로 되어 있는데, 아래쪽에는 운학루·하대웅전·요사·주지실이 있고, 여기에서 돌계단을 50m 정도 올라가면 위쪽으로 상대웅전(보물 제162호)과 응진전이 있다.

장승 : 장곡사 일주문 아래 장승공원이 있다. 많은 특색이 있는 장승들이 도열되어 있어 많은 사람들이 찾는 명소이다. 청양은 칠갑산의 산세로 옛날에는 호환이 많아 장승이 많이 세워졌다.

장곡천 : 장곡사와 동쪽의 장골에서 발원하여 일주문 좌측을 흘러 어른골, 구석골, 가장골의 동쪽을 흘러 장곡보건지소를 지나 지천에 합류하는 개천이다.

가을하기 좋은 나이

아침에 안개가 가득 침울하더니
열두 가라미 내리는 햇살 두 컵
개똥밭*을 스치는 바람 세 스푼
담안뜸에 바삭한 공기 한 그릇

바람 내음과 촉감들은 간직되고
공간에 스치는 햇살이 눈부시고
들판 걸으면 벼이삭이 반짝이고
여리하고 마른 햇살이 아름답다

가을 아침은 마지막 잎새 같아서
길 걸으면 잎이 바삭하는 속삭임
꿈꾼 것 같은데 기억나지 않고
오래 그 꿈꾸면 꿈을 닮는다고

흩어져 있던 기억이 붉게 피어나
그래서 가을이 되면 눈물이 난다

여운이 냉정하게 창문으로 넘고
햇살 한 줄에 행복할 수 있으니
내 나이는 가을하기 좋은 나이다

2020. 11. 30.

개똥밭 : 사점리 입구로 들어서서 곧바로 나오는 고개의 오른쪽
으로 경사가 급한 거친 밭. 어감이 좋지 않다 하여 '가동밭'으로
부르는 경우도 있으나 개똥밭이 더 유명하다.

수석리* 가을

언덕 너머 수석리엔 낮별이 살짝 잠깨고
시간이 지나면 보이는 것이 있을 것이니
취록의 나뭇잎이 노랗게, 빨갛게 물들고
속의 아픔을 아름답게 우려내는 것이다
가을에는 빛이 각자의 색으로 드러난다

물바위* 안개를 은밀히 만나는 정원에서
엄마의 계절은 가을 풍경과 비슷하지만
젖은 낙엽에서 엄마의 젖 냄새 맡으니
코에 스미는 익은 가을 냄새가 분명하다
가을은 가슴에 그려진 시간으로 익는다

비가 지나면 가을은 더 깊어질 것이고
가을 모습은 얼핏 보이는 냄새에 있지만
귀에 들리는 가을 속에도 있는 것이니
젖은 낙엽이 소곤거리는 소리를 듣는다
가을은 꿈속에 침묵의 대화가 깊어진다

노적바위*에 투영되는 풍경이 일렁이고
슬며시 삼키는 가을이 가벼웁지 않으니
낙엽비를 맞아 스스로 속으로 깊어지어
내리는 낙엽비를 품고 가을이 되었다
나는 혼자 붉은 가을이 되어 돌아간다

2020. 12. 7.

───────

수석리: 청양군 대치면에 속하며 U자형으로 굽이도는 맑은 물
과 바위가 절경을 이룬다. 쇠코바위, 부엉바위, 말바위, 물바위
등의 바위와 맑은 물이 절경이다.

물바위: 수석리 노적바위와 부엉바위 앞 지천 안에 있는 큰 바
위. 흐르는 지천과 어울려 신비스러운 풍경을 만든다.

노적바위: 수석리531번지 지천과 닿는 부분에 있는 높이 30여
m의 아름다운 바위.

빙곳재 첫눈

내려앉은 하늘이 밤새 뭔가 잉태하고
땅으로 오시는 순간 세상은 달라진다
눈이 오면, 첫눈이 빙곳재에 오시면
눈을 맞추고 순수의 소통이 시작되어
임이 따스한 손으로 뺨을 쓰다듬으니

하늘에서 내리시는 것들은 특별하여
첫눈에 안긴 채로 내려오시는 기억
눈 오시면 초혼의 언약을 서원하리니
먼 훗날 마주쳐 그냥 지나친다 해도
아직 그리움에 답할 수 있기 때문에

당신이 잠든 사이 눈 오시면 좋겠다
그날도 이렇게 오다 말다 했다는 유혹
눈 오시면 달콤한 추억이 있을 테니
오랜 사진 속에 낡은 임은 환히 웃고
녹아 흐르는 잔상이 오히려 따뜻하니

우산 에움길에 눈이 오시니 참 좋네

2020. 12. 21.

첫눈이 오면

눈 오면 좋겠다, 첫눈 오면
커피 마시는 창가에 눈 오면
눈밭을 뛰는 그리움이 웃고
푸석 마른 가슴도 뭉클하고
가슴속의 꿈이 바둥거리고

눈 오면 좋겠다, 펑펑 오면
눈 감으면 모든 것 느려지고
그리움이 흰 꽃으로 잠들고
떨구지 못한 아픔도 잠들고
흰 눈에 햇살 들면 임 오고

눈 오면 좋겠다, 지금 오면
눈이 세상을 덮으면 어떨까
첫눈 오면 향기는 따스하니
어쩜 마지막이 될지 몰라서
눈이 오면 여행을 떠나겠지

기억의 손짓이 나를 부르고

눈 오면 어디 가고 싶은 것

눈 오면 눈 보러 눈을 밟고

은골 숲에 눈 보러 임 보러

가슴은 하얀 영혼으로 차게

2020. 12. 28.

천장호* 첫눈

천장호에 오는 눈은 천 겹의 장막
네가 그리 들어가시니 따라 들고
나조차 살짝 숨겨 줄 것 같은 위안
눈 내리면 네가 다시 오는 것 같아
천년의 기다림이 아파 눈물 날 때
눈 와도 올 수 없다는 너의 표정
너의 존재감은 범바위처럼 커졌다

눈이 비가 되고, 나무계단 적시고
안개도 실오라기 하나 걸치지 않고
말없이 앉아 있으니 새벽이 무겁다
스치던 사물도 안개 속에서 또렷하고
천장호는 선잠에 들었던 꿈속 같아
물의 경계에 안개가 웅크려 있다

하늘과 이어진 것처럼 보이는 몽환에
햇볕이 짙게 깔린 안개 사이를 비집고

갑자기 거울로 반사한 듯 반짝이더니
차가운 물비늘이 뺨을 때리는 충고
햇살은 나를 유혹하는 최면광선이 되어
오늘을 위한 쿠테타의 찰나를 공유했다
소멸에 저항하는 몸짓으로 오르는 그대
싸움터의 아침에 하얀 눈이 흩날린다

2021. 01. 25.

천장호 : 면적 1,200ha로, 칠갑산 동쪽 대치(한티)에서 흐르는
개울을 막아 7년간의 공사를 거쳐 1979년 관개용 저수지로 축
조되었다. 칠갑산자연휴양림에서 11㎞ 떨어진 칠갑산 산등성
이에 자리 잡고 있으며, 깨끗한 수면과 빼어난 주변 경관이 어
우러져 청양 명승 10선 가운데 하나로 꼽힌다. 청양 시내버스
터미널에서 버스가 운행된다.

눈 오심

때 묻지 않은 몸으로 태어나
눈은 순백의 아림으로 쌓이고
내 춤은 나만의 그림을 그리고
숨결이 그녀의 영혼을 부른다

가슴 저린 젊은 연가도 외면하고
기억에서 빌려 온 꿈도 외면하고
바람 따라 휘날리는 그녀의 손짓
바람에 스몄던 아픔이 성숙해지고
바람이 되어 깃발을 흔들고 있다
만나지 못하는 형벌로 이별하더라도
바람이 되어 하얀 꽃잎 피우고
내려오심을 손 펴 받아 니르바나*

눈송이는 세상으로 향한 언어여서
기쁨의 씨줄과 슬픔의 날줄이 짜여
신성한 새 영혼을 위한 옷이 된다

그를 탐내는 세상의 불꽃을 외면하고

그 옷에 싸인 순수의 아기가 된다

2021. 2. 8.

니르바나 : 일체의 번뇌를 해탈한 최고의 높은 경지. 불교의 궁
극적인 실천 목적이다. 음역어는 '열반涅槃'이다.

봄이 오려고 하면

봄이 오려고 하면,
봄이 오려 하면 갈 수 있을까
아주 오랜 이야기가 흐르는 곳

사점리 개똥밭에 아지랑이 눈뜨면
바람 따라 임이 싹트는 개울 열리고
비봉산 마른 풀 무덤 옆 진달래꽃
그 꽃잎에 아른거리는 얼굴

비봉산 너머 봄이 오려고 하면,
봄이 오면 돌아오겠다는 약속
짧은 시간 스쳐 가겠지만
부드러운 풍경은 꿈속에 있는 듯

산 너머 가지런한 무지개가 오고
씨앗처럼 얌전히 푸른 숨을 내쉬고
몸에 간질간질 새싹이 터 오르면

웃음소리 그때로 돌담 넘어올 테지

언젠가 꽃피는 봄이 오려고 하면
조금 누그러진 빛깔이 되더라도
싱숭거리는 봄이 오려고 하면
쪼그리고 손가락으로 봄을 뽑고 있다

2021. 2. 15.

새해 새날

2021년 새날이 시작했답니다
붉은 열정의 해가 이미 솟았습니다
칠갑산을 밝히고 솟은 해는 장엄합니다

새해가 시작되었는데 아직 과거에 있나요
사진첩 속에는 실패의 흔적이 남아 있나요
이제 발을 디딜 시간입니다

한 해 당신이 받은 선물은 무엇인가요
마음에 안 들었으면 새해에 괜찮으면 되니까
새해가 되면 다시 일어날 힘을 얻는 것이죠

이제 2020년도는 기록하고 기억하는 무대
코로나19로 아쉬움이 많이 남는 해입니다
묵은 것을 정리하고 시작하기 좋은 때입니다
꿈꾸는 일들이 나를 행복하게 해 줄 것이니

새해 당신을 어떤 이름으로 불러야 할까요
새로 살아가기 위해서 새 이름 짓기로 해요
우리의 이름으로 살아가는 청양에서

새해는 하루를 매일 기도로 열고
많이 칭찬하고 좋은 말 많이 하고
어려움이 있어도 좋게 생각하고
다른 사람을 위해 웃고 울어 주고

당연한 것들이 일상이 되는 해가 될 거예요

2021. 01. 04.

혼은 나비가 되어,

바람이 되어

아침 햇살에 사라질 운명일지언정

3

꿈길의 춤

새벽 비의 모시고개

텅 빈 사점 앞 논에 가을비 오는데
떠난 임이 가득 눈물이 되어 내리고
임의 목소리 비 되어 젖는 것이니
내리는 가을비가 임일까 했는데
처마 끝 기웃대는 물방울이 임일까 했는데

창문으로 스며드는 반투명 새벽에
새벽 비를 안으며 강촌천* 따라 걸으면
안개비에 잠이 덜 깬 모시고개
걸으며 물으며 숲속으로 든다

쌓여 있는 낙엽 위에 떨어지는 빗소리
하늘이 가을비로 삶을 적시는 것이니
젖은 숲의 마음은 수줍게 열리고
비로소 숲길이 바람처럼 흐른다

2019. 5. 13.

이별

헤어짐이 조금 익숙해진 시간

그래도 잠들지 못하는 새벽 비

눈물이 빗물인 게지

그의 얼굴이 빗물에 씻겨 흘러가길

이젠 그랬으면 좋겠네

그의 날을 한 다발로 묶어

벽에 걸어 놓을 수 있다면

바라봄을 습관으로 하다가

슬그머니 놓아도 괜찮을 테니

이젠 그랬으면 좋겠네

햇빛 고운 날 오후 부루니* 고개에서

끈을 놓고 하늘로 날아

별을 안고 잠들 수 있으면

이젠 그랬으면 좋겠네

2019. 6. 10.

부루니 : 청양군 비봉면 장재리 마을의 옛 지명. 전국적으로 '부루니' 지명은 2곳이 있는데, 청양 비봉면 장재리의 부루니와 충북 옥천군 이원면 윤정리에 있는 부루니 마을이 있다. 부루니는 불노리不老里에서 유래된 것이 아닐까 추측하는 사람들도 있지만, 억지로 맞춘 것으로 그렇게 심한 음운의 변천은 거의 불가능하다. 우리 옛말에 '부루'는 '흰, 희다'의 뜻을 나타낸다. 인터넷 검색을 해 보면 아직 흔적이 남아 있다. '부루니'는 도자기의 원료인 흰 니(泥: 진흙), 즉 흰 점토가 나오는 곳이 있는 지명으로 추측된다. 비봉면의 이 지역 일대에서 옛날 도자기의 생산이 활발했으며 그 옆의 '원사점', '사점' 등 도자기를 제작 및 판매한 지역과 맞물려 맞아 들어가는 것이다.

꿈길의 춤

먼 까치알미, 담안뜸 둑길 따라
밤길에, 꿈길에 홀로 추는 춤
허위허위 보릿대춤*을 추며
꿈길에서 허튼춤*에 미운 정이 웃고
마리들* 흘러드는 바람도 춤바람
이름 없는 춤사위를 잊지 마소서

어깨에 얹은 당신의 연한 손
낮은 선율 따라 몸은 허공을 흐르고
혼은 나비가 되어, 바람이 되어
아침 햇살에 사라질 운명일지언정
신명을 다한 너울춤은 땅끝에 닿아
임은 빙긋이 웃고 사라지시니

2019. 7. 29.

보릿대춤 : 허튼춤의 하나로, 뻣뻣한 춤동작을 보릿대에 비유한 것이다. 발동작 없이 양팔을 굽힌 상태에서 주로 손목과 팔목만을 움직여서 추며, 뼈의 관절만 부분적으로 움직이는 것이 특징이다.

허튼춤 : 형식에 얽매이지 않고 즉흥적으로 추는 서민적인 춤. 민간인의 춤에 있어서 민중적인 춤은 집단무용인 경우 농악을 위시하여 강강술래·탈춤과 같은 종교적 바탕의 무용과 지게목발춤·못방고춤·못북춤과 같은 노동무용도 있으며, 개인무용으로는 이른바 보릿대춤·덧뵈기춤·절구대춤·막대기춤 등으로 불리는 허튼춤과 동물이나 사람의 흉내를 내는 병신춤 등이 있다.

마리들 : 외국어같지만 우리말 방언으로, 물이 나지 않아 거친 땅을 마리들, 마릿들이라 불렀다. 충남 청양군 비봉면 용천리, 부여군 옥산면 상기리, 전북 임실군 임실읍 이도리 등 전국 24곳 정도 있다.

비 맞기 좋은 날

맞기 좋은 비, 옅은 부슬비
구적골* 새소리도 비에 씻겨 정갈하고
살이 그리운 시간이 다가오는 것 같아
한 번쯤 사랑했을 사람이 보고픈 날
비 맞기 좋은 날

젖은 은골 길 흙냄새를 속으로 들이면
몸 씻은 나뭇잎 풋풋한 냄새 번지고
그저 그렇게 내리는 빗줄기 다 받아
머리 적시고 옷을 적시고
주머니 속 것을 모두 적시고 나서
내가 빗물에 젖었음을 안다

문득 내내 한구석에 머물던 그대
접어 두었던 그가 젖어 움트면
비 오는 내내 그가 있는 곳을 향하니
종일 비 맞기 좋은 날

2019. 8. 19.

구적골 : 비봉면 관산리에 있는 골. 구적골은 九積골로 쓰는 경
우도 있지만 지형이 굴곡이 많은 특징이어서 언덕, 구릉을 뜻하
는 됴가 적당할 것이다. 아마 큰 비에 토사가 흘러내려 개활지
에 튀어나오게 쌓인 모양을 묘사한 것으로 추정된다.

백월산° 가을

백월산에 달이 뜨면
해 뜨고 비 오고 바람이 불면
삶에 그냥 흘려보냈던 후회가 돋는데

감나무에 가을빛이 차곡차곡 쌓이고
흩어지는 바람엔 가을이 묻어 있다

몇 줄 글에 존재하던 오래전 사람
낙엽 진다고 가을이 깊어지는 건 아니다
그가 없다면 가을은 깊어지지 않는다
그리움이 없다면 가을은 짙어지지 않는다

가을빛을 닮은 그는
가을의 형상으로 존재한다

2019. 9. 9.

백월산 : 청양군 비봉면 관산리에 있는 450m 높이의 산이다.

한자까지 똑같은 백월산白月山은 다른 곳에도 있는데, 전국 총

4군데로 청양군 비봉면 외에 충청남도 보령시(394m), 충청남

도 예산군 광시면(400m), 경상남도 창원시(400m)에 있다. 백

월산 중에서는 청양군 비봉면의 백월산이 가장 높다.

가철미* 추억(가슴 아림 7)

풀 마르는 냄새가 성기게 짜이는 가철미

가철미 뒤로 그리움이 반쯤 숨어 기웃대는데

당신이 가 버린 날이어서 바람이 불어 가니

바람에 흔들리던 꽃잎 하나 떨어지고

그리워질 때마다 꽃잎 하나 흐르고

꽃잎처럼 열리던 추억은 꽃잎같이 말을 잃어 간다

찬 달빛에 풀벌레 서러워 우는 밤

기억들은 조각조각 부서져 남지도 않겠네

천천히 타자의 시선으로 돌아보는 기억

혼자 가슴앓이보다 망각이 좋을 텐데

눈물 떨군 자리마다 시린 별이 하나씩 뜬다

그래요, 그립다 그립다고 앓다 죽더라도

그래요, 이름을 부르며 슬퍼하지 말아요

그래요, 기억이 사라지면 이름도 없어지니

2019. 9. 23.

가철미 : 담안뜸 건너 넓은 평야의 가운데 높이 15m 정도의 아주 작은 동산이 있다. 그 동산의 이름이 가철뫼, 즉 가철산이고, 그 지역 이름이 거기에서 유래된 것으로 추정된다. 가철미는 '가칠미', '가찰메', '까칠미', '까찰미'라고도 불리는데 어원은 '까치알미'가 유력하다. 가철미(가칠미, 가철메)의 이전 지명 추정되는데, 까치알처럼 생긴 뫼山라는 뜻으로 추정된다. 비봉면 강정리 365번지 일원의 동그란 동산으로, 주위가 넓은 평지를 이루고 있어 독특한 모습을 보이고 있다.

당신이 아프다

바람에도 괜스레 눈시울이 붉어지는 나이
사랑은 벚꽃처럼 소리 없이 내려앉고
마리들을 쓰다듬는 안개, 그 안에 홀로 선다

아프다, 어젯밤부터, 록펑리에서
아픈 것은 침묵 때문이고
조건들은 톱니바퀴처럼 맞물린 걸까
당신의 괜찮다는 말에 체한 듯 먹먹하다

당신을 놓기까지 얼마나 아파야 하는지
헛바람 이는 날갯짓이 아프다
홀쭉해진 영혼은 '아파서 겁이 나요'라고
단단하던 것들은 쉽게 무너지고
무너짐은 언제나 아프다

당신 웃음에 '사랑해' 한마디 못해 아프다
'그냥 말없이 안아 주면 안 될까, 나 무서운데'

결국 당신에게 안겨 보고 싶다는 말을 삼킨다

아무도 듣지 않는 것을 알아도

아프다고 되뇐다

2019. 10. 21.

용살미산* 산길

용살미산 소슬바람길
길옆 돌무덤에도 하얗게 덮였고
이별 냄새 담긴 눈꽃이 어깨를 감싼다

서산으로 넘어가는 세월에
산기슭에 남아 있는 낡은 기억들
차츰 얼거나 마르거나

그를 차가운 땅에 눕혀 놓고 조금씩 잊었는데
알아들을 수 없는 취언으로 툭툭 떠돌다가
눈 덮인 길로 주섬주섬 걸어온다

그는 겨울 하늘빛 닮아 차갑게 돌아서며
이별은 잃는 것이 아니라
숨겨 두는 것이라고 했었다

단단한 흙에 얼어붙은 발자국

어디로 갈까 묻는다

2019. 10. 28.

용살미산 : 비봉면 관산리 은골의 동쪽에 위치한 은골산에 연이은 남쪽에서 서쪽으로 뻗어 나온 두 구릉이 홍대산과 대장굴산인데, 양팔을 벌린 안에 녹평1리의 점촌과 담안뜸이 자리하고 있으며, 홍대산에서 내려온 한 줄기 산줄기가 용살미산이다. 그 아래 용살미 마을이 위치해 있다.

그대, 울지 말아요

그대, 울지 말아요
나는 늘 그대 옆에 있으니
록펑리에 흐르는 천 개의 눈꽃이 되어
록펑리 하늘에 만 개의 별이 되어
그대 옆에 영원히 있을 테니

그대, 눈물을 닦아요
나는 내내 그대 옆에 있으니
담안뜸을 스치는 천 갈래 바람이 되어
담안뜸에 내리는 만 갈래 빛줄이 되어
어느 하늘에서도 흐르고
어느 구석에도 찾아들어
그대 뺨을 쓰다듬고
그대 가슴에 안기리니

그대여, 미소를 지어요

2019. 7. 8.

담안뜸에 눈 오는 날

담안뜸 십일월에 눈이 온다
무성 영화처럼 침묵이 흐르는 유리 너머
너를 만나려 긴 밤 귀를 곤두세웠는데
묻어 둔 아픔을 울어 뱉지 못했던 것처럼

눈이 기척 없이 내리는 새벽
하얀 별이 내리면,
가슴에 하얗게 내리면
희미해진 기억의 저편에서
알몸으로 떨고 있는 간절한 눈빛을 본다

네게 가는 길엔 눈만 내리고, 눈만 쌓이고
세상의 흔적을 덮으려는 듯 눈이 내리면,
외로움을 숨긴 너를 한 줌 움켜쥐고
따라가는 발자국 흔적이 삭는다

2019. 11. 4.

담안뜸 달밤

가남들은 가을걷이로 텅 비어
빈 공간은 품을 것도 없고
창백한 얼굴을 드러낸 달이
은밀히 나를 바라보면
문득 당신이 보입니다

얇은 달빛이 성기게 흘러들어
옥담안* 양철지붕에 내려앉아 떨고
가는 달빛에 얽혀 붙었던 시선이
마른기침에 약하게 흔들리면
문득 당신이 보입니다

담안뜸 할아범 기침도 잦아들고
읍내 요양원에 홀로 있는 할멈
거친 숨소리 가남들 건너와 건드리니
어찌할 도리 없는 자신이 미워질 때
문득 당신이 보입니다

2019. 12. 16.

옥담안 : 록평1리 점집 근방의 옛날에 마을 감옥이 있던 곳. 지
금은 그 자리에 민가가 있다.

새재 바람

새재고개에 바람이 분다
또 한 번 가을로의 여행은 지나갔다
이별 뒤에 그리움을 만났던 저녁

한 명은 이제 만날 수가 없고
한 명은 이젠 만나면 안 되고
몇 시간 울고 있는 그를 보며
미련을 두는 건 서로에게 상처이니

그렇다
가을은 보내지 못한 사람이다

바람을 외면하려 뒤돌아 걸어간다
내가 갈 곳엔 아직 가을은 오지 않았기에
내 뺨을 만졌던 바람은
내일은 나를 외면하고 스쳐 갈 것이다

바람 속에서 우는 새가 앉은 나뭇가지를

스쳐간 새재 바람이 만진 것처럼

누군가를 위해 기도하고 후회하고

내일은 외면하고 떠날 것이다

2019. 12. 23.

사랑함은 아픔이다

삶이 흐려질 때 담안뜸을 떠나는 발자국
닿을 곳은 그대뿐임을 저절로 알지만
어두운 밤의 장막은 누구의 것인가요
이틀 밤의 장막을 이은 망석중이*의 간절함
그 간절함은 왜 나의 몫인가요

두려운 영혼의 간절한 기원은 난든집* 나고
보드라운 그대의 포옹을 꿈꾸며
가슴을 보듬으려, 달래려 좇는 몽상
눈은 떠지지 않고 느랭이길 헤맬 때
좁혀지지 않는 거리에 아이처럼 웁니다

그대 때문에 가슴 아파 우는데
그대는 그저, 그저 미소 짓지요
삶에 시달려 아파 당신을 그릴 때
그대는 그저, 그저 미소 짓지요
그대를 무작정 바라보던 심장은

새재를 덮은 안개에 박제가 됩니다

2020. 2. 24.

─────────

망석중이 : 나무로 만든 꼭두각시의 하나. 팔다리에 줄을 매어 그 줄을 움직여 춤을 추게 한다. 남이 시키는 대로만 하는 사람을 비유적으로 이르는 말.

난든집 : 손에 익은 재주. '난든집(이) 나다'는 것은 '손에 익숙하여지다'는 뜻이다.

당신, 잘 계신지요

누에 실 풀리듯 끊이지 않는 아홉모랭이*
비도 들지 않는 세 번째 골짜기 안에
낡은 유물처럼 앉아 있다가 문득
당신은 잘 계신지요

당신은 마음 한 켠에 심어 두었는데
마치 어릴 적 상자에 담아 두었던 보물처럼
간혹 슬며시 보얗게 빛을 어스름 내시면
당신은 잘 지내시는지요

짐승 같은 울음이 진하게 적시는 노을
원망이 붉은 꽃으로 타오르는 모랭이산*
가슴 넘치듯 출렁이다가 어둠에 잦아듭니다
울어 목쉰 아이의 울음이 그치듯

2020. 3. 2.

아홉모랭이 : 비봉면 신원리에서 용천리로 넘어가는 고개를 아홉모랭이고개라고 하고, 주변의 골짜기를 아홉모랭이골이라고 한다. 지금의 용천제에서 신원삼거리 부근으로 옛날 홍성군 장곡면 옥계리와 청양읍을 통하는 교통로로 경사는 그리 험하지 않다.

모랭이산 : 아홉모랭이고개가 있는 산.

가시

안개비에 속이 허전하여
용살미 산골을 오르는데
덤불 속 숨은 가시에 생채기 나고
긁힌 살갗마다 붉은 핏방울 맺히고
그러니 당신의 흔적이 가시를 닮았다 느껴집니다

그리 가실 거였으면 흔적 없이 가시지
텅 빈 에움길°마냥 영 채우지 못하는 속
빛의 낱말도 희끗희끗 날아 흘리는
정착하지 못하는 부유입니다

잔가시에 가슴이 덴 것처럼 아픈 것이라
원망이 일 만도 한데
원망도 힘이 있을 때 할 수 있는지
원망도 젊을 때 할 수 있는 것인지
마음이 작아져서 그런지 모르겠지만
그냥 가만히 쪼그려 앉아 있기만 합니다

그래요,

그렇군요

2020. 3. 23.

<hr>

에움길 : 에움길은 에워싸고 돌아가는 굽은 길. '에우다'는 '둘레
를 빙 둘러싸다'는 뜻이다.

은골 둠벙* 가는 길

그리워하며 부르는 소리는
모두 사랑의 노래이니
양들에게는 푸른 들판이 그립듯
꽃 앞에서 봄을 기다리는 사람이 있지만
눈을 좋아하는 사람도 봄을 기다린다오

당신이 나에게서 사라진 뒤에
어이여 어이야 상여 쫓는 발걸음
당신의 귀환을 강요하는 불가능한 시위

응답이 없는 바람임을 알기에
슬퍼할 이유가 없다 하더라도
은골 둠벙으로 숨으러 가려니

누군가 은골 가는 길 묻거들랑
어딘지 모른다고 말해 주시오
숨바꼭질 술래는 당신이 하게

당신이 떠나면 미움이 그치겠지만

그래도 가끔 슬픔이 밀어 오르면

외면하고 은골 둠벙에 숨게

2020. 3. 30.

————

은골 둠벙 : 은골에 옛날에 한 장수가 살았는데, 말을 타고 산을 뛰어넘곤 했다. 그런데 장수가 마을의 닭을 잡아먹은 뒤, 나라를 침범한 오랑캐를 치려고 전쟁에 나가려고 말을 타고 산을 뛰어넘다가 미처 넘지 못하고 떨어져 죽고 말았다. 그때 파인 둠벙이 은골 둠벙이란 전설이 있다.

별리서정 別離抒情

용살미산 너머 지는 해를 바라보다가
빨갛게 노을이 들면 준비를 합니다
어슴푸레 고통이 잠들 때까지
그때까지만 견디면 되지 않을까요

가시에 살갗이 찔리고 긁혀
피가 방울방울 맺히면 풀릴까 했는데
가시는 심장으로 파고들어 영 빠지지 않고
가슴을 긁은 생채기는 밤새 아프고

가려거든 말없이 가시지
말없이 가서도 뒷바람은 가시가 되어
당신은 갔는데 왜 남아 계신지
시도 때도 없이, 눈치도 없이

이제 가시구려, 빗속으로 가시구려
빗속을 그토록 걷고 싶어 하셨으니

이제 가시구려 눈 속으로 가시구려

쏟아지는 눈을 그리 보고 싶어 하셨으니

당신을 보내고 비로소 나도 가고 싶으니

바람의 계절에 당신처럼 가야겠습니다

그댈 보지 않게 두 눈을 꼭 감고 가야겠습니다

2020. 4. 6.

매운바람

바싹 마른 잎이 날 선 찬바람에 떠는데
떨어질 바엔 미리 그리하라 그러신지
바다에 가려거든 바람 부는 날 가듯
바람 타고 슬며시 사라진 당신의 얼굴

뒤늦은 먼 길 배웅하려고 새재에 서서
이제 속 편하다 소리 지르고 싶었는데
소리는 입안에서 맴맴 끝내 나오지 못합니다

어느 발자국이 핏빛 동백꽃잎을 밟은 것처럼
찢겨진 순결이 피 흘리는 듯 녹아내리니
저항하지 못하고 눈물로만 호소하다가
향기 잃은 꽃잎은 그리 시들겠지요

스쳐 가는 열두 가라미* 논둑 사이 묻은 추억
그리 차갑게 다시 안 볼 듯 가시더라도
떠난 자리에 다시 필 꽃씨 하나 남기시지

대신 남겨 둔 기억 속에 새겨 놓은 묵음의 서

뾰족한 송곳니 되어 자근자근 가슴을 물어 댑니다

매운바람에 당신을 잃어버린 날입니다

2020. 4. 13.

――――――

열두 가라미 : 비봉면 록평리를 중심으로 둘러 있는 열두 구획
논밭 또는 그 주변 마을. 은골, 상록, 간쟁이, 만가대, 부르니, 홍
주뜸, 샛뜸, 청양뜸, 인경동, 가찰미, 새재, 두산 등이 있다.

당신을 지우려 합니다

마른 나뭇가지에서 움트는 싹처럼
하루가 당신을 지나가면 그만큼
기억은 조금씩 화장을 합니다
잇몸 드러내고 크게 웃던 모습
하얀 이가 시리게 가슴에 듭니다

왜 아직 이리 그리워하냐 하시면
자고 나면 그리워진다 말합니다
손가락이 시린 록평리 3월 아침
그리운 것들이 차근차근 줄어드는데
다시 볼 수 없을지 모른다는 두려움

이불을 덮어도 추운 어느 시절
회한悔恨이 세 밤을 자고 떠난 후
그리워하다 죽을 수도 있을 것 같아
작은 방에 작은 촛불 하나 켜 놓고
그리워할 때 아파하지 않으려 합니다

이제 당신을 지우려 합니다

그리하면 한때 그리워할 테지만

얼마쯤 그리워하고 그칠 테니

그리움을 그리워 할 수 있도록

이제 당신을 지우려 합니다

2020. 4. 20.

달아 달아 밝은 달아*

달 밝은 밤이라고 뻔한 첫 문장이니
드라마를 외면하고 어린 얼굴을 찾으면
달빛 뒤에 짙은 우산의 그림자처럼
밤은 까맣게 기울어 쏟아지려 하고
거친 표면이 더 밝은 빛을 내듯
상처가 달볕을 만난다면 더 빛나겠지

달아 달아 밝은 달아

어지러운 마음이 쌓이는 밤이어서
모두 잠이란 달콤한 어둠을 좇을 적에
밤길 스쳐 지나는 인연에 닿으려고
달이 뜰 때 은밀히 소원을 빌면
소환된 임의 손 어디 못 가게 꼭 잡고
달밤에 너울너울 허튼춤을 출 텐데

달아 달아 밝은 달아

지천에 흘러간 어린 마음을 소환하여

당신, 거기 그대로 있어요

조용히 달볕을 쬐는 것처럼

당신의 선명한 웃음은 그리 따뜻하여

방 안 가득 당신을 만나니이다

당신과 나는 서로 바라보고 있으니

방 안 가득 당신을 만나니이다

2020. 10. 12.

───────

달아달아 밝은 달아 : 〈달아 달아 밝은 달아〉는 중국 당唐나라
의 시인 이태백李太白(701~762)을 노래한 동요이다. 유교문화
사상이 생활화되어 있는 서민계층의 전래동요이다. 주목할 것
은 이 〈달아 달아 밝은 달아〉의 가락이 다른 전래동요에 붙여진
가락과 꼭 같은 경우가 있다는 사실이다(〈새야 새야 파랑새야〉
의 가락과 같다).

눈 내리는 밤

늦은 밤 내리는 눈에 서성이셨군요
눈 내리는 밤 새재에 우두커니 서서
눈발 속으로 숨으란 유혹에 흔들리고
흑백 경계 모호한 가라미 하늘에 숨어서
겨울에 숨긴 사진을 하나씩 꺼내 봅니다

숲의 새도 내다보지 않는 공간에 서서
눈빛 건네다 떨군 눈물이 하얗게 쌓이고
그 안에 기대어 선 그림자가 보입니다
눈 가득한 하늘에 계신 임은 알 것 같아
외로운 과부의 화장처럼 감추시는 건가요

보고 싶은 얼굴처럼 다가왔다가
다시는 돌아오지 않을 것처럼 불어 가니
몇 년 전 눈 내리는 밤이듯 눈이 내립니다
숨죽인 허공에 벚꽃 잎같이 하늘거리는 군무
행여 마지막일까 두려움이 간혹 드는 하얀 밤

송이마다 어렴풋 얼굴에 머물던 미소인지

혹시 나를 찾아오는 당신인가요

눈 내리는 밤, 함박눈 내리는 밤이면

사랑이 그리워 붓질을 한다는데

바람에도 얼지 않는 눈 내리는 밤입니다

2021. 2. 1.

헤픈 날

안개 짙게 내려앉은 개똥밭
선뜻선뜻 안개비, 임이 희롱하듯
알나리깔나리, 볼이 빨개졌데요

맑은 새소리 공간에 수놓고
텅 빈 거미줄에 매달린 물방울
알나리깔나리, 가슴이 콩닥콩닥

붉게 물든 자색깻잎 잎이
임의 웃음소리 내는 듯하고
오신다 했던 날, 오늘이던가
알나리깔나리, 헤픈 웃음 실실

2019. 12. 30.

불면의 늦봄 밤이 무겁다

오래된 비에 목이 마른다

4

불면의 밤

뜸치* 달밤

새재* 앞 무논에
달빛이 물안개에 번지면
안골* 숲 어린 새가
어미 잃었는가 울고,
달이 서러운가 울고

창백한 하늘에 오른 달이
개똥밭*을 쓸어내리면
떠돌이 신세 서러운가 울고,
떠나온 임 보고픈가 울고

뜸치 낮게 앉은 양철지붕에
달빛이 튀어 오르면
늙은 아비 자식 서러운가 울고,
할매가 보고픈가 울고

뜸치 달밤 서러운 달무리 내려앉는다

2019. 3. 4.

뜸치(또는 ·뜸티) : 청양군 비봉면 가남초등학교에서 청양읍 쪽
으로 원사점을 지나 비봉현대주유소에서 좌측 언덕길을 따라
가면 있는 안쪽 마을. 운곡면 효제리로 넘어가는 뜸티고개가
있는데 운곡, 대치 사람들이 광시 장을 다닐 때 넘던 지름길이
었다. 지금은 몇 집 살지 않지만 한때는 25집이 살기도 했으며,
장정이 너덧 아름 싸는 정자나무도 있어 정월 보름날 제사도 지
냈다고 한다.

새재 : 청양군 비봉면 록평리 담안뜸에서 강정리 말미로 넘어가
는 얕은 고개. 남동쪽으로 긴 사각형 논이 포란사 입구까지 펼
쳐진다.

안골 : 새재 옆 서너 집의 산기슭 마을.

개똥밭 : 새재 남동쪽 긴 사각형 논의 건너편 포란사 진입구 왼
쪽 거친 산기슭 밭.

헤어지다

찬바람에 밭은기침 잦아지고
기침마다 주름이 앙상해지고
품에 안긴 그의 어깨에 힘이 빠진다

가슴에 파묻힌 숨결이 가늘어지고
턱밑에 아른거리는 눈물을 보고
속이 문드러지는 아픔에 울었다

하루만 더 살게 해 달라고 그리 빌었는데
오늘은 안개 따라 떠나는 날이라 일러 주려
뜸티 솔밭 소쩍새 내내 울더니

가슴을 도려내 구멍을 만들어
거기에 깊게 고이 담아 두려 했는지
긴 별리의 통보가 가슴에 박혀 아파 울었다

발이 붓어 터지도록 산기슭 돌아 돌아서

아무도 모르는 뜸티 구석에 덩그러니 앉아
엄마를 불렀다

엄마!
엄마, 아파
가슴이 아파

별이 반짝였다
그가 울었다

2019. 5. 7.

장날 버스

장날마다 일곱 시 사십 분
아침 시골 버스에는
먹방이* 할매 혼자 있다가
지곡절* 할매 둘 더한다

부푸는 기대의 공간
분홍 보자기 하나, 박스 하나
부러진 카트를 꽁꽁 묶은 끈도 낡았다

오늘 이것 팔면 만 원짜리 석 장
노인은 돈이 있어야 대우받제!
닷새마다 할매들의 비상구

2019. 6. 3.

먹방이 : 먹방이는 비봉면 중묵리의 마을인데, 과거에 이 마을에서 먹과 붓을 만들어 팔면서 생계를 유지하였다 하여 이 같은 이름이 붙여진 것으로 추측된다.

지곡절 : 청양 비봉면 신원리의 지곡절은 다섯 개의 계곡으로 둘러싸여 있는 아늑한 마을이다. 고려 말엽에 한 승려가 이곳을 살피더니 계곡이 짧아 물이 적고 토심이 얄팍하여 큰 인물은 못 나오고 지조를 지키는 선비가 많이 나올 것이라고 했다는 이야기가 전해 온다. 옛날에 '지국절'이란 절이 있었기에 지국절이라 불렀다는데 '지국'은 죽竹과 같아 '죽절'로도 불렸는데, 그 지역에 선비와 대나무가 다수 있었던 것으로 짐작된다. 시간이 흐르면서 지국절이 지곡절로 음이 변한 것으로 추측된다.

배미실* 찔레꽃

흰 구름 머무는 밭둑을
넘어가는 봄날
배미실 떠나는 어귀에
눈물로 이별을 불러 주던
버스 종점까지 따라오던 찔레꽃

하얗게 핀 산모퉁이 돌아
지는 잎 애처로운 언덕
달처럼 서러운 찔레꽃
목 놓아 울었지

엄마 가신 길에 하얀 찔레꽃
그리운 가슴 가만히 열어
아기 달래듯 쌉싸름 찔레꽃 향기

2019. 6. 17.

배미실 : 청양군 운곡면 신대리의 동남쪽 마을. 배미실의 어원을 살펴보면 다음과 같다.

1. '-실'은 동네의 옛말이다. 전국에 '밤실, 밤골, 밤말'과 같은 지명을 밤나무가 많은 마을로 착각하는 경우가 많다. 그러나 '밤, 범, 바미, 버미, 배미'는 '크다'는 의미이다. '범고래, 범나비'는 '큰 고래, 큰 나비'의 뜻이다. 옛말에는 '밤, 범, 바미, 버미, 배미' 등이 같은 의미로 쓰였다. 즉 배미실은 '큰 마을'이란 뜻이다.

2. 지금은 쓰이지 않는 말이지만, '심하다'는 뜻의 '배다(베다)'가 있다. 예를 들어 '비탈이 배다(베다)'라고 하면 비탈이 매우 심하다는 뜻이다. 비탈이 심한 골짜기는 '밴골'로 쓰기도 했다. 이 '밴골'은 '뱅골'이나 '뱀골'로 들릴 수 있고, 또 그렇게 적기도 했다. 가슴 아픈 세월호 사건의 장소가 '뱅골수로'인데 그 지명도 심한 골이어서 조류가 급한 지형이란 것을 이해할 수 있다. 그러므로 배미골은 경사가 급한 지형의 마을이라는 뜻이다.

불면의 밤

오늘은 백월산*만 한 밤인가
온갖 것이 무게로 다가선다
여정을 되새김하는 늦봄 밤

잠들고자 눈 감아도
쿵쿵거리는 심장 소리에
잠이 달아나고

그러면 청양뜸* 넘어
성큼성큼 오래된 비가 찾아온다
이맘때쯤 오는 오랜 비의 축축함

시름시름 앓던 이가 빠지듯
고민의 고리를 끊어 놓고 싶은데
잠 못 드는 밤도 제 잘못인 듯

불면의 늦봄 밤이 무겁다

오래된 비에 목이 마른다

2019. 6. 24.

백월산 : 청양군 비봉면 관산리에 있는 450m 높이의 산. 한자까지 똑같은 백월산白月山은 다른 곳에도 있는데, 전국 총 4군데로 청양군 비봉면 외에 충청남도 보령시(394m), 충청남도 예산군 광시면(400m), 경상남도 창원시(400m)에 있다. 백월산 중에서는 청양군 비봉면의 백월산이 가장 높다.

청양뜸 : 조선 시대에 홍주와 청양의 경계가 되는데 이곳이 청양에 딸리었다 하여 붙여졌다. 이 지역에는 마을이 열두 가남(가람)이 있는데 간쟁이, 만가대, 부루니, 청양뜸, 인경동, 홍주뜸, 새뜸, 가철미, 새재, 말미, 은골, 상록 등이다. 비봉면의 가남초등학교의 이름도 여기서 유래되었다.

봄마다 피는 아버지

봄이면 피는 목메는 기억
아버지가 떠오르면 하늘이 아리고
말없는 모습 보고 싶지 않은데
봄이면 자꾸 그렇게 된다

가는정이* 하늘에서 못 내리는 뜸부기
어디 깃들지 못하는 것은
줄 것이 없어 두려워서 그러신 것

그랬구나
감정이 없으려고 그렇게 사셨구나
마음이 아프지 않으려고 그렇게 사셨구나

올봄의 가뭄을 불안해하며
두려리* 비탈밭 거친 숨 쉬는 모습을
불안히 바라보는 지치 한 포기처럼

2019. 7. 15.

가는정이 : '가는쟁이'라고도 하며 옛날 이곳에 길쭉하고 조그만 우물이 있어서 가는(가늘細) 정(우물井)이라고 불렀다. 이곳을 지나가던 벙어리가 이 우물물을 먹고 말을 하게 되었다는 전설도 있다. 수양버드나무 정자가 있었기 때문에 가는정이라고 불렸다는 말도 있으나, 그 인근에 정자가 있었다는 흔적은 없고, 이 지역에는 물이 끊임없이 나오는 지역이었던 것으로 보여 우물의 존재가 신빙성이 크다.

두려리 : 장재리 고래실골 북쪽 백월산 서쪽 자락. 고래실은 바닥이 깊고 관개灌漑에 편리한 기름진 논(고래답)을 말한다. 위쪽에 가는정이가 있다.

삭골* 할아범의 독백

삭골서 혼자 십 년이여
혼자보덤 둘이 낫고 셋이 낫제
그라믄 심심 않제
사람 사는 집은 사람이 와야 쓴다고
사람이 있어야 정도 있는 것이제

근디 나이 먹응께 아무도 없어
허긴 팔십이 넘은께 넘의 나이로 살제
힘도 인제 없응께 넘의 힘으로 살고
글다 봉께 기억도 스물스물 없어져
저 앞 재서 천렵허다 쏘내기허고 벼락
참 좋다 혔던 감흥도 흐려징께
모다 나이 먹응께 슬금슬금 비어 간당께

바라기는 뭔 바라는 것이 있겠는가
몸이나 성허믄 바랄 게 뭐 있간
세월 보내는 데 삯이 뭐 들간

2019. 7. 22.

삭골: 비봉면 양사리 산3번지 부근에 한 줄로 늘어선 몇 집 마을로 타원형의 얕은 산의 남쪽에 있다. 한자로서의 삭朔은 그믐달과 초승달의 사이란 뜻이 있지만 지명 삭골과 연관은 없어 보인다. 그런데 옛날에는 '삽'을 '삭'이라고도 발음하였던 예가 많았던 것을 추론하여 '삭골'은 '삽골'을 혼용 발음한 것으로 유추할 수 있다. 삽은 가래처럼 길쭉하고 얕은 모양을 뜻하기도 하므로 삭골은 집이 한 줄로 늘어선 작은 마을을 지칭한 것으로 볼 수 있다. 전국에 삭골은 13여 군데 있는 것으로 추정되며, 대부분 모양이 비슷한 한 줄의 몇 집이 있는 형태이다.

눈 오는 록평리

하늘이 흐리더니 눈발이 흐른다
눈이 가을 잎 떨어지듯 바람을 타고 돌고
어느 밤 쓰레기라고 창밖에 던졌던 원고지처럼

가남들[*] 가라미 돌던 바람이 세 구비 넘어 부는데
아랫도리 걷어 올린 바람도 헐떡이던 뜸티 턱
그 아래 발길 거부하는 상엿집에
장돌뱅이 할멈이 판자벽 틈으로 내다보고
할멈의 눈길이 이방인의 발걸음을 좇는다

하늘은 눈의 분란이 가득 차고
눈발 받으며 우두커니 있다가
농막 뒤켠 따스하던 입술의 감촉
갈라지듯 "쨍" 소리 온몸으로 퍼지는 전율

마른눈 날리는 날엔 아무 곳으로 떠난다
낯익은 그리움의 이유로

2019. 11. 25.

가남들 : '가람', '가남'이라 하며 비옥한 농지와 형성된 주거지를
말한다. '가남초등학교'의 명칭의 유래가 되었다.

벅수°, 못난 벅수

삶의 뒤편 낡은 저녁이 오면
기다릴 사람 없이, 찾아갈 이 없이
장곡천 따라 깊은 가을로 들다가
구석골°에서 실성한 보릿대춤
한바탕 묵혔던 삶을 게워 내고

모든 것 풀어놓고 떠나려 하다가
당신의 눈물 어린 얼굴이 떠올라
떠나지도 못하고, 향하지도 못하고
주저주저하다가
그 자리에 박혀 벅수가 되어

아파하지 말라고, 아프지 말라고
벅수가 되어
속눈물을 숨기려 일그러진 얼굴
하늘 한 번 보고, 땅 한 번 보고

2020. 1. 6.

벅수 : 장승을 지역과 문화에 따라 장승·장성·장신·벅수·벅시·
돌하루방·수살이·수살목이라고 부른다.

구석골 : 장승공원 북쪽, 칠갑산맛집 바로 뒤 작은 골짜기.

포용의 시절이 되었다

냉소를 품은 바람이 끌고 온
날 선 골바람에 잡힌 낙엽이
얼어 버린 뺨을 때리고 가면
이어 등장하는 당신의 원형

엄밀히 따지면 내가 만든 형상이니
당신 실체와 다른 것이라 우기고
그리 매달리지 않아도 되는데

천오백 년 외로움의 겹이 쌓인 것이니
침전한 진실의 괴리가 쌓인 것이니
새 해가 아흔아홉골*을 비추는 시절
한 겹 한 겹 벗겨 낼 만한데

외로움을 넘어라 반복하면서
애원을 외면한 시절이었지만
이제는 눈물을 닦아 줄 때도 되었으니

새 해는 마음으로 감싸 안아 줄 만큼

성숙할 만큼 시간이 지나쳤으니

포용의 자격을 받아들이라 한다

2020. 2. 17.

아흔아홉골 : 장곡사 장승공원 건너 아흔아홉 개의 골이 있다는 산골. 아흔아홉골의 전설에는 옛날 정산현의 고을 원님이 지금의 나병인 용천을 앓아서 처녀를 약다린골에서 삶아 먹고 벼락바위에서 날벼락을 맞았다거나 용천병자들이 아이를 삶아 먹었다는 등 비참한 전설이 많다. 강원 원주시 판부면 금대리, 경기 양평군 양동면 고송리, 전북 무주군 적상면 방이리, 경북 영덕군 영해면 대리, 제주 제주시 노형동 등 전국에 5군데의 아흔아홉골이 있다.

아흔이골*의 바람

장승골 가녘에 부딪는 실개울 거스르는데
꿈틀거리는 벼락이 내리꽂으며 전율하고
텁텁한 안개수렁에서 허우적대다

차마 아흔이골로 들지 못하고
황량하게 마른하늘을 휘젓다가
골바람 풍경 소리로 절 문을 열자
놀란 산신각 옆 나무들은 숨죽이고
아흔이골 처녀의 울음이 윙윙거리면
비로자나불*의 차가운 눈길이 분노한다

애벌레 날개는 가시에 찢어질 듯한데
그래도 기어이 날개를 편다
날아오를지 떨어질지 두고 볼 일이고

바람은 순례자의 겨드랑이를 부풀리고
순례자는 허공을 맴도는 바람이 되어

탈출하지 못하는 뫼비우스의 띠로 들고
시간은 바람으로 까마득히 맴돈다
아직은 혼돈의 시절인가 보다

2020. 3. 9.

───────

아흔이골 : 칠갑산은 일곱 개의 유래 있는 골짜기가 있는데, 백
운골, 강감찬골, 송골, 냉천골, 천장골, 아흔이골인 아흔아홉골,
지천골이다. 큰 골짜기 다섯 곳은 서쪽에 아흔아홉골이 굽이굽
이 길게 놓여 있고, 남동쪽에 백제 시대 칠악사터가 있는 백운
계곡, 북동쪽에 강감찬 장군이 수도했다는 강감찬계곡, 장곡사
가 있는 송골, 북서쪽에 있는 선녀탕과 복천암으로 이름난 냉천
계곡, 동쪽에 열녀 옥배의 정절을 기리는 산신단이 있는 천장계
곡 등이 있다. 아흔이골에는 문둥병 걸린 고을 원이 처녀를 삶
아 먹었다는 아흔아홉골의 전설이 있다.

비로자나불 : 청양 장곡사 철조비로자나불좌상으로, 남북국 시
대 신라 때 만들어졌다. 장곡사 상대웅전 안에 모셔져 있는 불
상으로, 진리의 세계를 두루 통솔한다는 의미를 지닌 비로자나
불을 형상화한 것이다.

번제 燔祭

입안에 차오르는 어둠에
숨 막힐 지경을 겨우 견디고
길었던 밤을 밀어내는
불덩이 솟을 새벽이 되면
발목부터 입술까지 차오른 어둠
하얗게 태우겠습니다

진실은 겨울을 지난 마리들*에서
들판을 뒹구는 마른 덤불 같아
불태워, 하얗게 불태운 뒤에야
푸른 풀이 다시 돋는 것처럼
하얗게 태우겠습니다

하지만
슬픔은 가난한 이들의 유산이고
삶을 버텨 온 피의 통증은 심해지고
영혼과 몸의 경계는 더 모호해지고

아직 서툰 봄이라 눈석임물°만 흐릅니다

그래서, 치열하지 못한 속을 반성하며
그래서, 가슴이 하얗게 탑니다

2020. 3. 16.

마리들 : 물 공급이 빈약하여 농작이 원활하지 않은 농경 지역
을 마리들(판), 마릿들이라 하며 옛날 청양군에는 남양면 금정
리, 대치면 광대리, 대치면 농소리, 비봉면 용천리와 록평2리
등에 있었다. 록평리 인경동 동쪽 들판으로 마리들로 불렸으나
장재리에 저수지가 확충되면서 용수 공급이 원활해져 좋은 농
지로 바뀌었다.

눈석임물 : 봄이 다가오면서 눈이 녹은 물. 어면 상황이 도래하
기 전에 징조처럼 나오는 현상을 일컫기도 한다.

애양골* 벚꽃과 엄마

벚꽃 잎이 어깨를 스치는 아련함
바람줄 지나치면 함박눈으로 쏟아지고
하늘하늘 꽃잎 날아가 물 위에 앉는다

하늘보다 곱게 핀 꽃 가슴에 가득하고
벚꽃 잎 연약한 빛처럼 마음도 여리니
봄 동자개* 울음에도 소스라치며 놀란다

벚꽃 잎은 먼저 가신 엄마를 닮아서
떠난다 말없이 그냥 떠나시는데,
이르다 만류에도 그냥 떠나시는데

애양골 바람이 산문山門* 가는 길 묻다가
내려앉은 꽃잎에 젖은 옷깃 털라 하니
텅 빈 가슴을 만지는 엄마가 겹치고
꽃비 속으로 빨리 보낸 엄마 설움에
하늘을 자꾸 올려다보았다

2020. 5. 25.

애양골: 청양군 대치면 작천리 칠갑산휴양랜드 일원의 완만한 골짜기. 큰애양골과 작은 애양골이 붙어 있는데 부드러운 지형이 정감을 느끼게 한다. 지천이 앞에 흐르고 있고 건너에 닭넘어골이 있다. 한가로운 여정을 즐길 수 있는 풍광이 소담한 곳이다.

동자개 : 몸길이가 25㎝가량 메기목 민물고기의 일종이다. 수염은 4쌍이며 가슴지느러미에는 톱니가 달린 날카롭고 단단한 가시가 있다. 가슴지느러미의 날카롭고 단단한 가시와 기부 관절을 마찰하여 빠각빠각 소리를 내어 흔히 '빠가사리'라 한다. 봄에 특히 소리를 더 낸다. 똥짜개, 자개, 빠가사리 등이라고도 부른다.

산문山門 : 절 또는 절의 바깥문, 산의 어귀

무국물

소걸음으로 오는 물기 찬 공간
천마봉* 한 뼘 가웃 노을이 탁해지면
축축한 물 냄새가 바람결 따라 돌고
색 없이 덤덤한 맛을 코앞에 내밀면
숭숭 파와 무를 푹 끓인 국물 한 술
할머니의 음식은 심심했는데

공간에서 첫물을 걸러 내고
한참 동안 너를 우려낸다
나를 사랑할 수 있게 하고
누군가를 사랑할 수 있게 하고
사랑할 수 있음이 감사한 저녁

심심하고 시원하고 약간 단맛 돌고
그리 맵지 않았던 할머니의 얼굴
칠십 년을 살다 보니 그리 되었다시니
빙현골 저녁에 무국물 우려낸다

2020. 7. 13.

천마봉 : 청양군 화성면 매산리 산 50-1의 높이 422m의 봉우리. 산에는 천마봉 산성이 있다. 청양군 화성면 매산리와 청양읍 장승리, 군량리에 걸쳐 있는 산이다. 천마봉은 청양읍에서 가장 높은 봉우리이다. 천마봉 봉우리의 주위에는 성이 있고 성안에는 옛날에 수십 채의 집이 있어서 마을이 형성되어 있었다고 전한다. 동학난이 발생했을 때 홍성까지 올라갔던 동학군이 이곳에서 관군과 싸우다가 천 마리의 말이 죽어 말 천 마리를 묻었다는 데서 천마봉이라는 이름이 유래하였다는 전설도 있다. 『한국지명총람』에서 처음으로 지명이 등장한다.

배송이 지연되는 밤

바람에 꽃 지고 늦은 비 흐르던 날
가게의 빨간 문이 닫힌 스타다방*
혼자의 밤이 싫어 문을 밀었다

아가씨 붉은 루즈는 밖의 침묵에 젖고
늙은 기자와 술 마시듯 시간은 길어지고
등이 시퍼렇게 비를 맞는다

살아 있구나

빈터에 오는 비가 모아 놓은 꽃잎들
꽃잎은 산 자의 부고처럼 떨고
늦은 저녁 빈터에 오는 비는 붐빈다

봄비 한 주머니
당일 배송은 지연될 수 있습니다
느려지는 시침이 조곤히 눈을 누른다

살아 있구나

2020. 7. 27.

_____

스타다방 : 청양읍 읍내리 202번지 일원 십자로사거리(중앙사
거리) 남서쪽 코너 2층에 있는 다방. 1970년경부터 이전 청양
의 중심지였던 지역으로 사람들이 오가던 다방이다. 70년대 청
양의 인구는 10여만 명이 넘을 정도로 활기찬 지역이었다. 당
시 구읍을 중심으로 번화한 지역이었으며 아직 남아 있는 구읍
공용터미널 건물은 독특한 외관으로 아직 눈길을 끌고 있다.

작달비 아침

작달비*가 두들겨 팬 아침
비봉네거리* 약방* 오른편에
오일장 공터* 바닥에 뭐가 돋습니다

흙바닥에 몸을 던지는 여름 닮은 비
비가 쏟아지면 묻었던 기억이 돋아나
나뭇잎에 쏠리는 그림자처럼
바람결 따라 물 냄새 흔들리고
가슴 속으로 뛰어와 기어이 젖습니다
봄비는 일비 여름비는 잠비

빗소리에 실려 아린 추억이 기어들고
빗방울 뛰어가는 소리 사이 그가 걸어오면
여름에 담긴 목이 마른 비였습니다
뭐 있냐 물어보면 뭐 있기야 있지만
꿈 안 꾼 지 오래라는 장돌뱅이의 거부에
슬쩍 냄새만 풍기고 입을 닫습니다

가을비는 떡비 겨울비는 술비

2020. 9. 21.

―――――――

작달비: 굵직하고 거세게 좍좍 쏟아지는 비.

비봉네거리: 비봉면 소재지의 의용소방대와 보건소 사이 4갈래의 도로. 2차선 도로 3방향과 동쪽 1차선 도로로 갈라지며 4거리라고 하지 않고 네거리라는 지명이 전해 온다. 옛날부터 홍성, 예산, 운곡, 보령 등으로 갈라지는 교통의 분기점이었다.

약방: 1950년쯤 비봉네거리 청양 방향에 있던 회생당약방. 2010년 전후 사라졌다.

오일장 공터: 비봉네거리 청양 방향 코너의 넓은 공터. 1960년대까지 5일장이 섰던 장소. 인구가 줄면서 광시장과 청양장으로 흡수, 소멸되었다.

장맛비와 할머니

새벽잠이 없으셨던 할머니가
벌레 잡던 빙곳재* 조막 채소밭은 비었다
49재 막재 마치고 빗속으로 오시는 듯

올해 구원이라 믿었던 지붕이 새고
장마가 오면, 장대비 소란스러우니
빗소리 오실 때마다 개봉되는 영화
밀짚모자 테두리에 감긴 필름을 떼어
가위로 잘랐던 토막필름*을 이어
양철지붕이 삐걱거리며 영사기가 돌면
그때마다 할머니의 반복되는 연기
밥은 먹었나, 싸우지 마라 잔소리가 맴돌고

몇 번 넘어졌다고 요양병원에 모시고
덜 넘어지겠고 끼니 거르지 않겠다는 핑계
생신 때 드시지도 않는 케이크 들고 잠깐
효도했다는 뻔뻔한 변명을 얻었다

갈 때 꽃상여 타는 거냐 물으신 이유가

검정 줄 친 버스 타고 갈까 싫다고 하신 것

마당에 할머니가 심은 꽃은 활짝 피었는데

윤달에 새로 생긴 산소는 젖어 앉는다

2020. 9. 28.

———————

빙곳재 : 지금의 청양읍 빙현마을이다. 얼음 창고가 있었던 곳
이라 빙곳재라 부른다. 청양성당을 지나가던 고개로 빙곳재,
빙고현이라고 했었다. 조선 시대 중엽에 얼음 창고가 있었으며
얼음 '빙'자, 창고 '고'자로 빙고재라 불렸고 빙고현, 빙곳재로 불
리다가 빙현마을로 바뀌었다.

토막필름 : 옛날 영화는 긴 필름으로 영사하여 보았는데, 상영
이 끝난 필름은 밀짚모자의 챙과 몸통 부분 사이에 두르는 장식
으로 잘라서 썼다.

삿갓바위 1

바위가 외로운 곳에는 하늘이 쉬었다 간다네
체념처럼 울리는 해금이 긴 한숨을 쉬는 낮에
잡초 엉킨 길을 가며 여기가 어디인가

인생은 어느 한적한 바위로 남는 것이니
이 청춘이 가면 어떤가, 저 세월이 가면 어떤가
늙은 소 긴 하루가 힘든 것이니 쉬어 가세나

분향이길* 한가한 낮에 언덕을 쓰다듬는 손길
저 아래 다섯 집 마을을 안고 있는 고개 마루에
삿갓바위 낮게 앉아 쉬었다 가라고 하네
모진 세월에 잘려 나가고 가슴이 쪼개져도
안기다 안아 주다 계절이 바뀌고
십 년도 한나절 같이 훌쩍 넘을 테니

갈 길은 멀어 금강은 저기 끝에 앉아 있고
갈림길 한 길은 청남이고, 한 길은 부여인데

당신은 깊은 눈으로 먼 강을 짚어 보며

먼 길 떠나는 여행은 자신이 풍경이 된다고

당신은 저 바위에서 조금 쉬었다 가자 했고

나는 갈 길이 멀다고 했고

2020. 9. 28.

삿갓바위: 조선시대 김삿갓이 홍성군 결성면에서 모친의 묘를 들렀다가 부여로 가는 도중에 장평면 분향리 392-2 인근의 바위에 쉬었다가 갔다고 하여 '김삿갓바위'라 부른다.

분향이길: 닭우리고개길 중에 청양군 장평면 중추리 615-21 지점에서 갈려 동쪽으로 휘어져 여러 갈래로 굽어져 곶감길로 연결되는 길. 낮은 언덕을 지나며 꼭대기에 바위 1개가 있다.

삿갓바위 2

바람이 머물지 못하듯 잠시 거칠 뿐이니
지금 지나는 곳이 어디인지 모를 것이고
무작정 견디면 허전함만 가슴에 찰 테니

허리는 겸손했던 당신 삶을 얹어 굽었고
다리는 평생 고단히 걸어와서 얇아졌고
가슴에 굳은살 박여 단단해졌을까 했는데
폭폭 익은 삶의 옹이는 더 물러졌구나
과거의 붉은 날들은 저 아래 길로 서 있네

이보게 무에 그리 바쁜가

쉬었다 가게, 오늘 하루 힘들었으니
쉬었다 가게, 쉴 새 없이 달려왔으니
쉬었다 가게, 햇살 가득한 가을날이니

길었던 길 어딘가에 청춘의 시간이

아직도 은근히 반짝이고 있을 것이고
걸어온 길을 돌아볼수록 묵직해지니
잘 왔어 잠깐 쉬어도 돼 이리 앉게

2020. 10. 19.

아리고개

북쪽 먼 산 사이 가른 신작로* 너머로
십 리도 못 가서 발병 나라고, 가지 말라고
우리 엄마 서 있는 길은 임 떠난 고갯길
아버지 걸어 떠나신 아리고개 아라리

나를 버리고 임이 고개 넘어가시니
몸 지탱하기 버거워 하늘에 원망 쏟고
지아비 부르며 수건 풀어 눈물 닦고
임 떠나보낸 고개에 돌탑 한 무더기

부흥군* 깃발이 언덕을 지날 때
눈 올라나 비 올라나 억수장마 질라나
고갯길로 검은 구름 모여드는데
애끊는 어깨춤을 못 본 채 입 다문 고개

아직도 보내야 할 고개가 많은 세상에
어깨 위에 지난날을 밟고 가는 고개

피멍 든 가슴이어도 놓아 드리라고

얼마나 건너가고 넘어왔나, 아리고개

2020. 11. 2.

신작로新作路 : 자동차가 다닐 수 있을 정도로 새로 만든 큰길.

부흥군 : 삼국 시대에 백제 의자왕이 항복한 직후 전국에서 백
제를 다시 세우겠다는 명분으로 의병이 일어났는데, 그 이름이
백제부흥군이었다. 청양은 백제부흥운동의 중심지였으며 5년
간의 전쟁의 실패 이후 청양은 쇠락하였다.

아리고개 블루스

고개 옆 숲 산새들 발자국 어지럽고
가슴은 당신 발길에 차여 퍼렇고
가면 그만인 것을 모르지 않는데
당신마저 간다 하니 고갯길에 선다

야속한 임아, 정을 두고 몸은 가고
모래알에서 싹 틀 것도 아닌데
고개에 앉아 좀 쉬었다 가시지
소금에 곰팡이 슬 것도 아니니
임바위 옆에 더 앉았다 가시지
아리고개 넘어 어디로 가시리오

누가 함께 있으면 좋을지 모르랴
누가 떠나보내고 싶은 임이랴
졸던 낮달도 아리고개 넘어가니
붉게 물들인 하늘에 설움 흐르고
산 아랫도리는 토담빛으로 물든다

마른 얼굴에 거센 바람 파고들어

하나씩 마음을 찾아서 버려도

서산 향해 고개 드니 임이 웃고 있어

아리고개에서 당신을 가슴에 묻어서

아리고개에서 당신을 놓아 드립니다

2020. 11. 16.

눈 그리고 봉숭아꽃물

우산 팽나무 까치집도 눈을 맞고 있는 날
눈 오는 건 삶에서 만나는 작은 기적이다
바람에 이끌려 눈 속으로, 품속으로 안겨
바람이 불어오면 불어오는 대로 떠나고
바람이 멈추면 멈춘 그곳에서 다시 만나기

눈이 싫으면 늙은 것 같아서 슬플 텐데
예전엔 웃음소리가 만들어 내는 눈이었다
눈 오는 빙긋재 수채화 풍경이 펼쳐지고
첫눈이 내린 날, 손톱 끝 빨간 봉숭아물
봉숭아물이 남아 있으니 그 사랑이 올까

눈 내리는 길을 걸을 수 있는 축복 속에
맑은 날 느끼지 못할 느린 속도의 풍경
이질적인 포근함과 스미는 낮은 목소리에
스르르 눈을 감고 눈 오던 날을 꺼내면
눈 오는 밤에 보여 준다고 약속했던 사랑

눈 오는 날의 소망은 표정을 숨길 수 없어
눈 오는 날에는 차마 사랑의 시를 못 쓰듯
멀어지는 발자국에 지그시 눈 감았다 뜨면
눈발에 우산으로 간 발자국이 지워지는 날
벽과 천장에 하야니 방 안에 눈이 내린다

2021. 01. 11.